「……っ……あ……っ」

太い幹が隘路を進み、切っ先が最奥に届く。

根元まで受け入れたとき、
肌がじんわりと汗ばんでいた。

レオンが息を吐き、こちらの膝をつかんでつぶやく。

「――動くぞ」

お飾り女王は隣国王子の熱愛に溺れる

～運命の再会は政略結婚で～

西條六花

Vanilla文庫

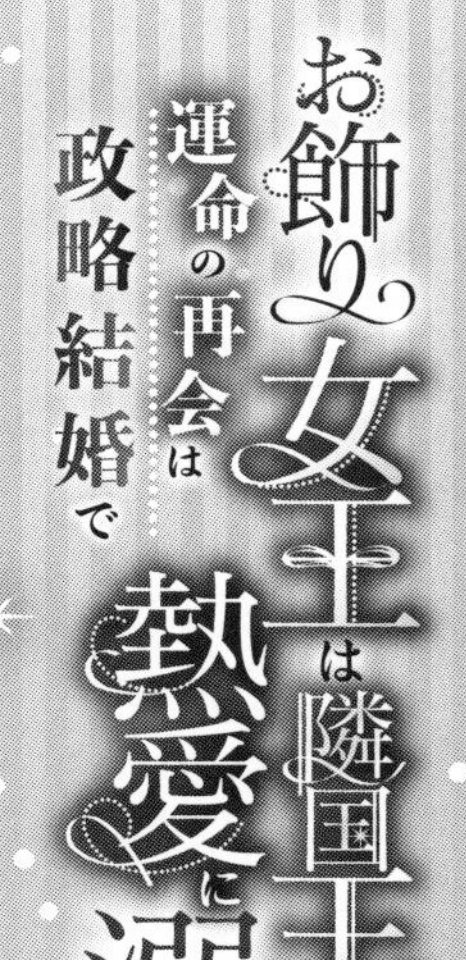

contents

イラスト／kuren

第一章

ブロムベルク王国は大陸の中央に位置し、西をエヴラール大公国、東をヘルツェンバイン王国に挟まれている。

国土は広大で、温暖な気候を生かした農作物や毛織物、鉄鉱石や木材などを輸出しており、経済的に豊かな国だ。しかし勇猛果敢で知られ、軍国主義を積極的に推し進めた国王ルカーシュ・カレル・ブロムベルクは、二年前から病を得て療養している。

首都レームから馬車で二日、遠く離れたカペル離宮に住むアレクシアは、王女でありながら病床にある父を見舞うことができずにいた。理由は、正妃であるパトリツィアに疎(うと)まれているからだ。

アレクシアの母カーヤは父の側室で、国内貴族のエクヴィルツ侯爵家の娘であり、ハーゼルゼット公国より嫁いできたパトリツィアより格下ということになる。自身が他国の王族で、正妃という地位に誇りを持っているパトリツィアは、王女を産んだカーヤにことのほかきつく当たり、まんまとカペル離宮へと追い出した。

表向きは〝身体(からだ)が弱いアレクシア王女の療養のため〟ということになっているが、実際は違う。だが穏やかで争い事を好まないカーヤは、「仕方がないわ」と言っていた。

「パトリツィアさまは、ご自分の他に男児を産むかもしれない女性を許せないの。ご長子ユストゥスさまが王位に就くまで、わたくしが首都レームに戻ることはないでしょう」

かくしてアレクシアは五歳の頃から十一年間、カペル離宮で暮らしている。

年に四、五回ほどは王宮の式典などで首都に行くことがあるが、用が済んだら早々に帰らされていた。父はアレクシアに会えば優しい言葉をかけてくれるものの、パトリツィアの悋気(りんき)が面倒なのかそれ以上のことはしない。おかげで十六歳になったアレクシアの社交界デビューは、宙に浮いた形になっていた。

(でもお母さまの言うとおり、このままでいいのかもしれない。長く首都から離れているわたしは、友人ひとりいないのだもの)

祖父の代に避暑地の離宮として造られた宮はだいぶ古びていて、決して居心地がいいとは言えないものの、周辺は緑が豊かだ。

すぐ近くの森の中には美しい池があり、色とりどりの花が咲き乱れていて、散策するのにちょうどよかった。薄曇りで柔らかな日差しが差し込む午前、アレクシアは侍女のハンネを伴って森に向かう。しかし森の入り口で彼女がふと足を止め、慌てた様子で言った。

「姫さま、申し訳ございません。わたくし、敷物を忘れてきてしまいました」

「えっ？」

「すぐに取って参ります。どうかここから動かずにお待ちくださいませ」

森から離宮までは徒歩で十分ほどの距離にあり、ハンネは動かないよう念押しして戻っていく。

一人残されたアレクシアは、小さく息をついた。森は普段から通い慣れていて、よく知っている場所だ。そもそもこの辺りで見知らぬ人に会ったことはなく、危険性は低い。

（先に森に入って、お花を摘んでいようかしら。そうするうちに、きっとハンネが戻ってくるわ）

勝手知ったる道を進み、アレクシアは森に入る。五月のこの時季は次第に気温が上がり始め、ときには汗ばむ陽気になるが、鬱蒼（うっそう）と木々が茂る森の中はひんやりとして涼しかった。小鳥の囀（さえず）りを聞きながら、手に持った籠（かご）に摘んだ花を入れる。そのときふとアレクシアは、道の脇に生えた花や下草がひしゃげて倒れているのに気づいた。

（これは誰かが踏んだ跡？　それにこの黒っぽいのって、もしかして血……？）

心臓がドクリと跳ね、思わず辺りを見回す。この森の中に誰かがいる危険性があるのなら、今すぐ離宮に戻るべきだ。しかしその人物は怪我をしている可能性が高く、アレクシアの中に「見捨てていいのだろうか」という迷いがこみ上げる。

(そうよ。一刻も早くその人の手当てをしなければ、命の危険があるかもしれない。……やっぱり放っておけないわ)

アレクシアは意を決し、小道から外れた木々の間に足を踏み入れる。

下草を踏みしめ、ドクドクと鳴る心臓の音を意識しながら辺りを探すと、やがて大木の根元に蹲る人物を見つけた。それは銀の甲冑を身に着けた若い男性で、騎士だとわかる。

アレクシアは急いでその人物に歩み寄り、声をかけた。

「大丈夫ですか?　もしかして、お怪我をされているのですか」

「……君は……」

顔を上げた男性は二十代前半に見え、とても端整な顔立ちをしていて、宝石のようにきらめく青い瞳と銀色がかった金の髪が美しかった。

その顔は少し泥で汚れており、甲冑の継ぎ目から夥しい血が流れている。特に左腕と右脚の傷がひどく、溢れた血で甲冑が真っ赤になっていた。

アレクシアは手に持った籠から急いで手巾を取り出すと、彼の腕にきつく巻きつけた。

「こんなに血が……。このような辺境の地に、どうして騎士さまがいらっしゃるのですか」

「それは……」

男性は言いたくないらしく、言葉を濁して答えない。

アレクシアには実感がないが、ブロムベルク王国は近隣諸国と長く戦争状態だという。父が病に伏したあとは兄のユストゥスが軍を采配しており、もしかすると目の前の彼もそうした前線から逃れてきたのかもしれない。

(だとしたら……他の人には見つかりたくないはずだわ)

敵に背中を見せるのは、騎士の名折れだ。たとえ傷ついても前進し、祖国を守ることが、騎士の鑑(かがみ)とされている。

そんな中、こうして一人逃れてきた彼は、きっと誰にも姿を見られたくないだろう。そう考えたアレクシアは、後ろを気にしながら男性にささやいた。

「ここから北西に歩いたところに、炭焼き小屋があります。そこに身を隠してください」

「えっ」

「夜に食料や薬を持って参ります。人に見つからないうちに、どうかお早く」

すると彼は困惑した表情で「いいのか？」と聞いてくる。アレクシアは頷(うなず)いて答えた。

「傷ついている人を、見捨てることはできません。夜に必ず来ますから、待っていてください」

その日の夜、侍女のハンネが自室に下がって使用人たちが寝静まった頃、簡素なドレスに着替えたアレクシアはそっと部屋を抜け出した。

そして厨房（ちゅうぼう）に立ち寄り、飲み物と食料、薬などを籠に詰め込むと、警備の兵士の姿がないのを確認して裏口から離宮を出る。こんなふうに一人で夜に行動するのは初めてで、胸がドキドキした。離宮にはわずかな使用人と侍女しかおらず、警備の兵士もすっかり油断しているからこそできることで、これが王宮だったらきっと抜け出すことは不可能だったに違いない。

逸る（はや）気持ちを抑え、ひんやりとした夜気を感じながら森を目指す。中天に月がかかっているため、辺りが真っ暗でないのがありがたかった。

夜の森の中は鬱蒼としていて、アレクシアは持参したランタンに火を灯し（とも）、道を進む。

やがて小さな炭焼き小屋に到着し、ドアをそっと開けた。すると扉の陰から出てきた人物が素早く首に腕を回して拘束してきて、驚いて息をのんだ。

「……っ」

「すまない、君か」

腕の力が緩み、アレクシアは自分を拘束していたのが例の騎士だと気づく。彼は薄闇の中で謝罪してきた。

「落ちている枝を踏みしめる音で誰かが来たのだと気づいて、思わず拘束してしまった。乱暴するつもりはなかったんだ、許してほしい」

「いえ。あなたが警戒するのは当然です」

彼はひどく顔色が悪く、肩で息をしていて、こうして動くのに相当体力を使っているのがわかる。アレクシアは男性に向かって言った。

「座ってください。水も食べるものもなく、だいぶ弱っていらっしゃるでしょう。このような遅い時間になり、申し訳ありません」

籠の中には水の瓶が二本と、パンとチーズ、ハム、林檎などの他、清潔な布や薬草、軟膏が入っている。

アレクシアが手渡した水を、彼は貪るように飲んだ。男性に食事をさせながら、アレクシアは傷の手当てを始める。甲冑を脱ぎ、上半身裸になった彼の身体は、鍛え上げられていて精悍だった。

傷は左腕と右脚の切り傷が一番ひどく、汚れを拭きとったあとで化膿止めの軟膏を塗り、鎮静効果のある薬草を湿布にしたものを包帯で巻いていく。他にも細かな傷がたくさんあり、それを手当てしていると、男性が言った。

「親切にしてくれて、感謝している。本当にありがとう。君はこの近くの村の住人か」

「……はい」

自分が王女だという事実は言わないほうがいいと判断したアレクシアは、曖昧に頷く。名前を聞かれ、「シアと申します」と答えると、彼が微笑(ほほえ)んだ。

「いい名前だ。俺はレオンという」

「レオンさま……」

ひととおりの手当てを終えたアレクシアは、小屋の中を見回す。

炭焼きは冬から春にかけての乾燥している時季に作業するため、夏場に差しかかる今は誰も小屋に来ない。中には小さなテーブルと椅子、簡単な竈(かまど)やベッドがあり、身を隠すには最適だった。

ふとレオンが水をすべて飲んでしまったのに気づき、アレクシアは立ち上がって言う。

「近くの小川で、水を汲んできます」

「ああ、すまない」

――それからアレクシアは、夜になると離宮を抜け出し、炭焼き小屋に通うようになっ

た。

毎回厨房から食べ物を失敬し、薬草や飲み物と一緒に持参する。甲冑の下のレオンの衣服は血で汚れていたため、下男のものを持っていったところ、離宮で紛失騒ぎになって申し訳なくなった。

一週間が経つ頃にはだいぶレオンと打ち解け、いろいろな話をするようになっている。彼は現在二十二歳で、ブロムベルク王国とヘルツェンバイン王国の国境付近の前線で戦っていたのだと語った。

「前線は互いの主戦力がぶつかって、ひどい有様だった。ブロムベルク軍の指揮を執っているユストゥス王子は、かなりの手練れだな。彼の勇猛ぶりは、戦場で際立っていた」

「……そうですか」

ふいに兄の名前を聞かされたアレクシアは、どんな表情をしていいか迷う。するとそれを見たレオンが、苦笑して言った。

「君のように可憐な女性には、少々血腥い話題だったな。この辺りには戦火は及んでいなくて、何よりだ」

彼が上半身裸になり、アレクシアは傷の手当てをする。

大きい傷は腕のほうが少し膿んでしまい、レオンは二日ほど発熱して大変だった。だが毎日軟膏を塗り、湿布を貼り換え、薬草を煎じて煮出したものを飲ませているうち、少しずつよくなってきている。

彼の身体は鍛え上げられていて無駄がなく、これまで男性の裸を見たことがなかったアレクシアはドキドキしていた。しかしそんな不埒なことを考える自分をはしたなく感じ、思わず目を伏せる。

すると手から包帯が落ち、床に転がって、「あっ」と声を上げた。

「おっと」

レオンが咄嗟に腕を伸ばし、互いの手のひらが重なる。

ドキリとして息をのんだアレクシアは、間近で彼と目が合い、動きを止めた。レオンはこれまで見た男性の中でもっとも整った顔立ちをしていて、「こんなにきれいな顔をした男性がいるのだ」と頭の隅で考える。

次の瞬間、彼がわずかに顔を傾けて唇を重ねてきた。何が起こったかわからないアレクシアは、呆然として目の前のレオンを見つめる。すると彼がもう一度顔を寄せてきて、再び唇が重なった。

「……っ」

温かくぬめる舌が合わせをなぞり、わずかに緩んだ隙間からそっと口腔に忍び込んでくる。舌先を絡ませられる感触に、アレクシアの体温が上がった。自分はレオンに口づけをされているのだと思うと、身体がかあっと熱くなっていく。

やがて彼が唇を離し、額を合わせてささやいた。

「すまない。君が可愛(かわい)くて、つい」

世の中の男性は、こんなに気軽にキスをするものなのだろうか。

驚きはしたものの、決して嫌ではなかったのは、アレクシアがレオンを異性として意識していたからかもしれない。彼の端整な顔立ちや引き締まった身体、長い手足はもちろん、こちらに対する節度を持った態度や口調にはどこか品のよさが漂い、粗野な印象はまったくない。

騎士としての高潔さを備えたレオンに会うのがいつしか楽しみになり、その一方で「この人は、傷が癒えたらいなくなるのだ」と考え、寂しさもおぼえていた。

(でも……)

たとえ好意を抱いても、これ以上は駄目だ。そう考え、立ち上がったアレクシアは、籠をつかんで言った。

「すみません、――失礼いたします」

「シア、待っ……」

薄暗い森の小道を歩き、離宮まで足早に戻りながら、アレクシアは高鳴る胸の鼓動を押し殺した。

キスがあんなにも甘美なものだと、知らなかった。普通の王女のように王宮で暮らしていれば、もしかしたらパーティーなどでそういうことがあったのかもしれない。

だが鄙（ひな）びた離宮育ちで、異性といえば家族以外に年老いた下男くらいしか知らないアレクシアにとって、先ほどの口づけは刺激が強いものだった。

（どうしよう、間違いが起きないように、もうレオンさまとは会わずにいるべき？　でもあの方はまだ傷が癒えていないし、わたしが行かなければ食べるものもなく困窮（こんきゅう）してしまうわ）

結局見捨てることができず、アレクシアは次の日の夜も炭焼き小屋を訪れる。

するとこちらを見たレオンが、ホッとした表情で言った。

「よかった。もうここには来てくれないと思った」

「…………」

「昨日、突然口づけたことを許してほしい。決して君を軽んじたわけではないし、俺は戯（たわむ）れにあんなことはしない。触れたのは、シアをいとおしいと思ったからだ」

押し殺した熱を感じる瞳で見つめられ、アレクシアはドキリとする。

まさかこんなふうに気持ちをはっきりと言葉にされるとは思わず、どんな反応をしていいかわからなかった。レオンが腕を伸ばし、そっとこちらの頬に触れ、ささやくような声で言った。

「もう君がここに来ないかもしれないと思うと、肝が冷えた。また来てくれてうれしい」

「わ、わたくしが来ないと、レオンさまが困窮されてしまいます。まだ傷も癒えておりませんし」

「それは単純に、怪我をした人間を見捨てられないからか？　それとも、少しでも俺に会いたいと思ってくれているのか」

「……っ、知りません」

はっきりとは言えずに返答を拒むと、彼が小さく噴き出す。

「どちらにせよ、また会えてうれしい。傷の手当てを頼んでいいか」

「はい、もちろんです」

それから約一週間、レオンはアレクシアが炭焼き小屋を訪れるたびにうれしそうな顔をし、帰り際に頬にキスをするようになった。

表向きは親愛の情を示しているかに見えるが、瞳には甘やかな色がにじんでおり、それを目の当たりにするうちにアレクシアは次第に彼への恋情を自覚するようになった。

（でも――）

自分はレオンの気持ちに、応えることはできない。なぜならアレクシアはただの村娘ではなく、ブロムベルク王国の王女だからだ。今でこそこうして鄙びた離宮に住んでいるが、いずれ首都レームに呼ばれて身分の釣り合う相手のところに嫁がされるに違いない。

そのときまで純潔を保っておかなければならず、万が一にも〝間違い〟があっては困る。そう思うのに、レオンのキスはいつも甘く、「もっと触れてほしい」という気持ちがこみ上げてたまらなくなっていた。

すると眼差しにそうした心情がにじみ出ていたのか、今夜の彼は頰に口づけたあとでアレクシアの顔をじっと見つめ、唇にもキスをしてきた。

「あ、……」

小さく声を漏らした瞬間、レオンの舌が口腔に忍んできて、アレクシアはそれを受け止める。ぬめる感触は淫靡で甘く、ゆるゆると絡ませられると心まで解けていく気がした。

こちらに抵抗の意思がないのを悟った彼は、何度も角度を変えて口づけ、次第に深いキスへと誘ってくる。

「……っ、ん、……は……っ」

ざらつく表面を擦り合わせたあと絡ませながら吸い上げられ、官能的なその感触に身体の奥がじんと疼く。

ようやく唇が離されたとき、アレクシアは涙目で息を乱していて、それを見つめたレオンがささやいた。

「シア、……可愛い」

「あ……っ」

彼の唇が耳朶を食み、首筋に顔を埋めてくる。

かすかな吐息と柔らかな唇を感じたアレクシアは、ゾクゾクとした感覚に慄いた。それと同時に胸のふくらみに触れられ、やんわりと握り込まれる。

「んっ……」

レオンの手は筋張って大きく、剣を持つ騎士らしく武骨な印象だった。

それが自分の胸にめり込んでいるのがひどく気恥ずかしく、身じろぎするものの、彼が首筋をチロリと舐めてきてそれどころではなくなってしまう。

レオンがドレスのボタンを上から外していき、やがて胸のふくらみがあらわになる。シュミーズをずらされると桜色の頂まで見えてしまい、アレクシアの頬がかあっと赤らんだ。

明かりのない薄闇の中とはいえ、男性にこんなことをされている状況にひどく動揺する。

（どうしよう、わたし……）

今すぐ彼を押しのけるべきか、それとも受け入れるべきか。

そう迷っているうちにレオンが胸のふくらみをつかみ、先端を舐めてきて、濡れた舌の感触に肌が粟立った。敏感なそこは刺激を受けてすぐに勃ち上がり、皮膚の下からむず痒い感覚が湧き起こってくる。

「は……っ、んっ、……ぁ……っ」

やがてそれが快感なのだと気づいたアレクシアは、猛烈な羞恥を感じた。

自身の胸元に顔を伏せているレオンの肩をつかみ、その身体を自分から引き剥がす。そして急いでドレスの胸元を引き上げ、小さな声で言った。

「申し訳ありません、これ以上は……」

こちらの動揺を悟ったのか、彼がやや表情を改める。

腕を伸ばしたレオンが肩に触れ、ビクリと震えるアレクシアに真摯な口調で言った。

「シア。――このあいだも言ったが、俺は生半可な気持ちで触れているわけではない。君を自分の国に連れて帰りたいと思っている」

「レオンさまの国、ですか……?」

「ああ。ヘルツェンバイン王国だ」

それを聞いたアレクシアは目を見開き、顔を上げて彼に問いかけた。

「レオンさまは、ヘルツェンバインの方なのですか？　ブロムベルクではなく……？」

「そうだ」

「そんな……」

てっきりレオンがブロムベルク軍の騎士で、前線から逃げてきたのだとばかり考えていたアレクシアは、その言葉にショックを受ける。

彼の出身がヘルツェンバイン王国なら、それは敵国の人間ということだ。ブロムベルク王国の王女である自分とは、決して相容れない。

（レオンさまがヘルツェンバイン軍の騎士なら、余計に人に見られたらまずい。ましてや、王女であるわたしが匿っているだなんて）

グルグルと頭の中で考えるアレクシアの顔を覗き込み、レオンが真剣な口調で言った。

「君の服装からして、ただの村娘ではなく裕福な家庭の娘だろう？　ヘルツェンバインに行ったら、決して暮らしには苦労をさせない。シアを何よりも大切にすると誓う」

「少し……考えさせてください。急にそのようなことを言われても、すぐにはお返事いたしかねます」

畳みかけてくる彼にアレクシアが抑えた口調でそう告げると、レオンが頷いて微笑む。

「君が言うことはもっともだ。だが俺の傷もだいぶ癒えてきたし、敵国であるここに長く留まっているわけにはいかない。明後日には国に戻ろうと思う」

「…………」

「シア。――いい返事を期待してるよ」


翌日、アレクシアはレオンの申し出に何と答えるべきか思い悩んだ。

自分の立場を考えれば、彼と一緒に行けないのはわかっている。だがレオンへの恋情が強く心にあり、即座に断ることができなかった。

（考えたってどうしようもないことなのだと、わかっているわ。王女であるわたしは敵国の、しかも一介の騎士とは添い遂げられない。既に答えは出てしまっている）

そう結論づけながらも、彼の面影を思い浮かべるだけでアレクシアの心は切なく疼く。

レオンの端整な顔立ち、低く優しい声、男らしくしなやかな身体や穏やかな物腰は、これまで同年代の男性と接する機会がなかったアレクシアの心を強く惹きつけていた。初めての口づけや身体に触れられたときは驚いたものの、嫌悪感はない。

むしろもっと触れてほしいという気持ちがこみ上げたが、自身の王女としての自覚でかろうじて踏み留まれたといえる。

（断るしかないのだわ。そしてあの方は、明日にはこの地を去る……）

顔を合わせることがなくなれば、自分の中の恋情も少しずつ薄らいでいくのだろうか。別れたら最後、きっと二度と会うことはないだろう。そう考えると身を切られるほどの切なさがこみ上げるものの、仕方がない。王女という身分では、好きな相手と心を通じ合わせることは現実的ではないのだ。

気がつけば涙がひとしずく頬を伝って落ちていて、アレクシアはそっとそれを拭った。思いがけず怪我をしているレオンを助け、好きになった彼と心を通い合わせることができたのは、とても幸せなことだった。

たとえ添い遂げることが叶わなくても、自分はきっと一生レオンを忘れない。この先誰と結婚しても、彼の存在はずっと心の中に在り続ける。

（今夜炭焼き小屋に行って、別れを告げよう。……そしてわたしの中の想いを、きちんと終わらせなくては）

そう結論づけたアレクシアは、日中は刺繍をしたり本を読んで過ごした。

そして夜半にそっと自室を抜け出し、厨房で食べ物をいくつか籠に入れると、離宮を抜け出して森に向かった。通い慣れた道は静かで、ときどき梟の鳴き声が聞こえ、月明かりがぼんやりと辺りを照らしている。吹き抜ける夜気はひんやりとしていて、そっと肩口のショールを引き寄せた。

森の中に入ると木や土の匂いが仄かに漂い、足元の下草はしっとりと湿り気がある。小道を途中で右にそれ、木々の間を縫うようにして奥に進むと、やがて少し視界が開けて炭焼き小屋が姿を現した。

使い込まれて煤けた窯の横を通り、アレクシアはドアを静かにノックする。そして中に入ると、ベッドに腰掛けて剣の手入れをしていたレオンが顔を上げ、こちらを見た。

「こんばんは、シア。今夜も来てくれてありがとう」

彼の微笑みを見るだけで、心が切なく疼く。自分が王女ではなく、ただの村娘だったら、どんなにいいだろう。きっと何もかも捨ててヘルツェンバインに行く決断ができたに違いないが、それはもう考えても仕方がないことだ。

アレクシアは籠をテーブルに置き、深呼吸する。そしてレオンを真っすぐに見つめ、口を開いた。

「昨日のお話ですが、わたくしはレオンさまと一緒に行くことはできません。――本当に申し訳ございません」

すると彼が真顔になり、剣を鞘(さや)に収める。そしてそれを脇に置いて立ち上がり、こちらの肩に触れて言った。

「なぜだ。もしかして君には、他に想う人が?」

「……いいえ」

「それとも、ヘルツェンバインに来ることが不安なのか？　心配しなくても、俺の国はとてもいいところだ。君が快適に過ごせるように、俺は力を尽くす」

熱心に掻(か)き口説いてくるレオンを前に、アレクシアの胸が痛む。彼はこちらの顔を覗き込み、なおも言葉を続けた。

「それに、今まで言ってなかったことがある。俺は――……」

そのときけたたましい音を立て、炭焼き小屋の扉が乱暴に開かれる。

驚いて振り向くと、そこには数人の騎士が立っていた。息をのむアレクシアの目の前で、彼らの後ろからひときわ威厳のある甲冑姿の男性が現れる。彼の顔を見たアレクシアは、呆然とつぶやいた。

「お兄さま、どうして……」

そこに立っているのは、アレクシアの兄であるユストゥス・クルト・ブロムベルクだ。

ブロムベルク王国の王子である彼は、病床に就いている父の代わりに軍を指揮し、戦場に赴いている。滅多に首都レームに行かないアレクシアは、兄に会うのは久しぶりだ。

現在二十四歳の彼は以前会ったときより精悍になり、堂々たる体軀に銀の甲冑がよく似合っていた。整った容貌にはどこか猛々しい雰囲気が漂い、少し癖のある金髪が獅子を思わせる。ユストゥスが口元に薄く笑みを浮かべて言った。

「ここからしばらく行ったところにあるヘルツェンバイン王国との国境で、俺は向こうの軍と戦闘中だったんだ。敵を壊滅状態まで追い詰めたが指揮官を取り逃がしてしまい、それを捜していたが、まさかこんなところにいるとは」

兄の言っていることがわからずレオンのほうを見やると、彼は自身の剣をつかんで柄に手を掛けている。

ユストゥスを睨む表情はこれまで見たことがないほど緊張で張り詰めていて、全身に殺気が漲っていた。言葉を失うアレクシアに対し、ユストゥスが説明した。

「その男は、軍の指揮を執っていたヘルツェンバイン王国の第三王子だ。俺が深手を負わせたのを奴の部下が何とか離脱させ、逃げた方角からブロムベルク国内にいると踏んでいたが、お前がここに留めておいてくれたんだな。でかした、アレクシア」

（ヘルツェンバインの王子？　レオンさまが……？）

確かにレオンの物腰には品が漂い、言葉遣いにも粗暴なところは微塵もなかった。

だがまさか王子だとは思わず、アレクシアは信じられない気持ちでいっぱいになる。ユストゥスがレオンを見つめ、口元を歪(ゆが)めて言った。

「これまで貴様には、何度も煮え湯を飲まされた。我が軍の兵士たちを、一体どれほど殺した？　聞きたいことが山ほどある、おとなしく縄につけ」

「――断る」

レオンがスラリと剣を抜き、それにユストゥスの近衛兵たちが一斉に応じて、激しい斬(き)り合いになる。

こうした状況に接するのが初めてのアレクシアは、立ち竦(すく)みながらその光景を見守った。

金属同士が何度もぶつかる音は恐ろしく、周囲の空気はひどく緊迫している。

レオン一人に対し、ユストゥスの近衛兵は四人だ。やがてそのうちの一人が呻(うめ)きながら膝をつき、レオンがわずかな突破口から電光石火の速さで炭焼き小屋を脱出した。

「追え！　逃がすな」

ユストゥスの号令に近衛兵たちがレオンを追いかけて去っていき、アレクシアは呆然とその場に立ち尽くす。

彼が逃げきることは、可能だろうか。近衛兵はいずれも手練れで、しかもレオンは脚の傷がまだ完全に癒えていない。このあと彼がどうなるのかと想像し、アレクシアは恐ろしくてたまらなくなっていた。

　そのとき一人残ったユストゥスが、ゆっくりとこちらに視線を向ける。そして薄い緑色の瞳に冷ややかな色を浮かべて言った。

「レオンを見失ったあと、俺は一旦休むために前線から一番近いカペル離宮に向かっていたんだ。すると斥候が宮をこっそり抜け出して森に入っていくお前の姿を目撃し、あとをつけた」

「…………」

「この炭焼き小屋でお前が男と密会しているのだと知って、俺は心底呆れた。仮にもブロムベルク王国の王女であるお前が、市井の娘のように身持ちの悪いことをするなど、とんだ恥晒しだ。しかもその相手が、よりによって敵国の王子だとはな」

　アレクシアはレオンの素性をまったく知らなかったが、深夜に何度も二人きりでいたことは間違いない。

　何も言い返せずに目を伏せると、ユストゥスがこちらに歩み寄り、ぐいっと腕をつかみ寄せる。そして痛みに顔を歪めるアレクシアに対し、冷徹な眼差しで言った。

「お前を少し自由にさせすぎたようだ。――あの男と何を話したのか、詳しく聞かせてもらおうか」

第二章

大陸の中央に位置するブロムベルク王国は、国王ルカーシュ・カレル・ブロムベルクの病没後、かねてより推し進めていた軍国主義をさらに加速させた。

新しく王位に就いたユストゥス・クルト・ブロムベルクは好戦的な性格で、他国と交わしていた同盟を一方的に破棄し、次々と進軍を行った。彼のやり方は残虐非道で知られ、捕らえた軍の指揮官にひどい拷問をする他、相手が降伏したあとにも生存者と負傷者を全員虐殺したり、進軍の最中に通りかかった農村の住人たちを女性や子どもも含めて殺害したりと容赦なく、近隣諸国から怨嗟(えんさ)の視線を向けられるようになっていた。

そんな中、辺境のカペル離宮を離れ、首都レームの王宮に住むようになって三年になるアレクシアは、窓の外に物憂い視線を向けた。

(お兄さまは王位に就いてからも自ら戦地に赴き、ブロムベルクの領土拡大に血道を上げている。この国は充分広いのに、なぜ他の国の土地まで欲しがるのかしら)

ユストゥスの傍若無人な振る舞いに恐れをなした他国の商人たちは、ブロムベルクに入ってこなくなった。

その結果、輸入が著しく鈍化し、国内市場では品薄になっているものもあるという。本来ならば側近や枢密院議会がユストゥスの行動を諫めるべきなのだろうが、彼は人の話にはまったく耳を貸さない。まるで血に飢えた獣のように戦を求め、その覇気に誰もが萎縮してしまって、諫言できる雰囲気ではなかった。

そしてそれは、妹であるアレクシアも同様だ。臣下が意見できないなら近親者が彼を諫めるべきなのに、兄の苛烈な瞳で見られると身体が竦んで言葉が出てこない。ならばユストゥスの生母であるパトリツィアはどうかというと、彼女は全面的に息子を支持した。

「諸外国に勇猛果敢さを示し、自らの力で領土を拡大することの一体何がいけないのですか？　あの子は大陸の覇者となるべき人間です。それを妹であるあなたが賢しらに意見しようと相談してくるなど、僭越にも程があるわ。立場を弁えなさい」

諸外国が特に問題視しているのが、ブロムベルクが侵略した国の人間を無理やり連行し、奴隷として市場に出していることだという。

奴隷は市井の者もいれば貴族階級の者もおり、容姿に優れた者は特に高値で売買されるらしく、その後の運命は推して知るべしだ。そうした他国の情報は王宮に出入りする業者などからもたらされ、噂として社交界でもささやかれていた。それを耳にするたび、アレクシアは王族の一人として胸を痛めていた。

（お兄さまを止めるには、どうしたらいいのかしら。お父さまはもういらっしゃらないし、パトリツィアさまはあのとおりだから、誰も意見できる人がいない）

ユストゥスはまだ結婚しておらず、妻がいない。彼は一週間前、小国であるレーリヒに出征する直前、アレクシアに言った。

「この戦から戻ったら、お前の嫁ぎ先を決める。いくつか見繕っているから、楽しみにしておけ」

兄が自分を送り込む先は、きっと制圧したどこかの国の王族の元だろう。

アレクシアに子を産ませ、ブロムベルク王家の血を引く者をその国の王位に就けることで、名実共に属国とするのが目的に違いない。

（仕方ないわ。王女として生まれた以上、国益のために嫁がされるのはわかってる。わたしにはそういう生き方しか許されていないのだもの）

そんなアレクシアは、三年前に一度恋をした。

相手は隣国ヘルツェンバインの第三王子であるレオン・ウーヴェ・ヘルツェンバインで、その素性を知らずに怪我をしている彼を匿い、二週間ほど一緒に過ごすうちに気持ちを通わせた。

しかし突然近衛兵たちと共に現れたユストゥスがレオンを追い詰めたものの、すんでのところで取り逃がしてしまったらしい。それを聞いたアレクシアは大いに安堵したが、ユストゥスは彼と密会していた妹を直々に問い詰めた。

結局レオンの素性について何も知らなかったのは理解してもらえたが、アレクシアへの監視の目は厳しくなり、首都レームで暮らすことを命じられた。ユストゥスにしてみれば、いずれどこかの王族に嫁がせるつもりの妹が未遂とはいえ他の男と密会していた事実は、断じて許せなかったのだろう。

今はどこに行くにも必ず侍女と護衛騎士が付き従い、アレクシアに自由はない。母のカーヤは「自分が一緒に王宮に行けば、きっとパトリツィアさまが黙っていないわ。いらぬ火種にならぬよう、わたくしは首都には行きません」と言って、今も離宮に留まったままだった。

その上パトリツィアからは顔を合わせるたびにネチネチと嫌みを言われ、そんな日々の繰り返しが気持ちを萎縮させているものの、アレクシアは諦めと共にそれを受け入れていた。

（カペル離宮での暮らしに戻りたいけれど、きっともうそんな機会はない。思えばレオン

さまと過ごした二週間は、夢のような時間だった）

折に触れては彼の端整な顔を思い出し、胸の痛みを押し殺す。ユストゥスが戻ってきた暁（あかつき）には誰かと結婚させられるのだと考えると、重苦しい気持ちでいっぱいになっていた。

だがせっかく縁あって夫婦となるのだから、夫となる人を愛する努力をするべきなのかもしれない。他国に嫁いだらそこに馴染（なじ）めるよう、精一杯努めなければ——アレクシアはそう自分を鼓舞する。

（レオンさまはあのあと、どうされたのかしら。お兄さまは「逃げられた」と言っていたから、国に帰られた？　もう誰かと結婚してる……？）

炭焼き小屋で「君を俺の国に連れて帰りたい」と言ったときのレオンの顔を、アレクシアは思い出す。

何度も真摯に想いを伝えてくれた彼だが、こちらがブロムベルクの王女であることがわかった時点でそんな気持ちはなくなったに違いない。ならばきっと国に帰り、身分の釣り合う相手と結婚しただろう。そう思うと胸がぎゅっとするものの、今のレオンが幸せでいてくれることをアレクシアは切に願った。

そのとき廊下のほうが騒がしくなり、不思議に思いながら視線を向ける。するとドアがノックされ、「失礼いたします」という声と共に現れたのは、宰相のオスヴァルトと内務大臣のグレーデンだった。

宰相のオスヴァルトは四十代の神経質そうな顔つきの男性で、冷静沈着で判断力に長(た)けているという噂だ。一方の内務大臣のグレーデンは小太りな五十代の男で、抜け目のない眼差しをしていた。彼らはアレクシアに向かって頭を下げる。

「アレクシア王女には、ご機嫌うるわしく。先触れもなく突然の来訪、ご無礼をお許しください」

「……何のご用ですか」

彼らが連れ立って自分に会いに来たのは初めてで、アレクシアは戸惑いながら問いかける。するとオスヴァルトがこちらに礼を取りながら答えた。

「――数刻前、レーリヒの前線から知らせが届きました。国王陛下が崩御されたとのことです」

「えっ……」

「陛下は前線に程近いブロンという村に陣を構えていらっしゃいましたが、朝の身支度の際にふいに胸を押さえ、倒れられたそうです。軍医の診察では心臓発作で、それから間もなく身罷(みまか)られたと」

「そんな……」

ユストゥスが死んだ——その事実がにわかには信じられず、アレクシアは絶句する。

オスヴァルトを始めとする閣僚たちは、その情報の真偽を確かめるべく数刻のあいだ奔走し、やがて彼の死亡が真実であると断定されたという。毒殺された所見はなく、あくまでも本人の体調不良による突然死らしい。

(信じられない。あれほど屈強だったお兄さまが、亡くなられただなんて……)

彼はまだ二十七歳で、戦での傷ならともかく心臓発作で亡くなるのはまったくの予想外だ。ショックで立ち尽くすアレクシアを見つめ、グレーデンが口を開く。

「つきましては、王位継承権第一位であるアレクシア王女が新たに女王の御位に就かれることになります。政治的空白を避けるため、即位式は本日中に執り行います」

「わたくしが?」

自分が女王になると言われたアレクシアは、呆然とする。

ブロムベルク王国は長子相続が義務づけられており、過去には数人女王がいたという記録がある。確かにアレクシアはユストゥスが即位後に王位継承権第一位になっていたが、いずれ彼の子どもに受け継がれるものだと考え、自分が女王になることはまったく考えていなかった。

しかしユストゥスが未婚で実子を持たずに亡くなった今、この国の王位に就くのは先王の第二子であるアレクシアということになる。

そのとき部屋の扉がけたたましい音を立てて開き、パトリツィアが姿を現した。蒼白な顔をした彼女は、アレクシアの姿を見つけると大股でこちらに歩み寄り、猛烈な剣幕でつかみかかってくる。

「ユストゥスが亡くなっただなんて、何かの嘘よ！　まだ二十七歳の若さで武勇に秀でたあの子が、突然死ぬわけがないでしょう。アレクシア、あなたもしかして自分が女王になりたくて、あの子の暗殺を企んだのではないのでしょうね」

「ち、違います。そのようなこと……っ」

「オスヴァルト、グレーデン、アレクシアを女王として即位させるのは早すぎるわ。せめてユストゥスの身柄が首都レームに戻ってくるのを待ち、本当に遺体が彼のものであるかを確認してからでも遅くないのではなくて？　そもそもこんな話が出ること自体、何かの陰謀なのです。よく調べなさい！」

するとオスヴァルトがアレクシアを庇うように身体を割り込ませ、パトリツィアに向かって告げる。

「お言葉ですが王太后陛下、わたくし共は総力を挙げて情報収集し、国王陛下の崩御がまことであると断定いたしました。王位継承権第一位であるアレクシア王女が女王として即位されることは、既に枢密院議会の承認を得ております」

「わたくしは納得しておりません。お前たち、王太后であるわたくしの言うことが聞けないというの」

「国王陛下が身罷った今、我が国が新たな君主としていただくのはアレクシア王女。これはもう決定事項です。序列としては王太后陛下より地位が上となり、狼藉は決して許されません。どうかご了承ください」

パトリツィアはそれでもなお喚き続けたものの、グレーデンが呼び寄せた傍付きの召し使いたちによって退出させられていく。

やがてアレクシアは侍女たちに促され、浴室で身体を浄めたあと、身支度をさせられた。念入りに化粧を施し、髪は複雑な形に結い上げられる。金糸で花が刺繍された豪奢な白のドレスを着せられ、首は宝石がついたネックレスで飾り、肩から金の房飾りが付いた毛皮のマントを羽織った。

そして大聖堂へと向かい、控室で侍従から戴冠式の手順を教えられ、必死にそれを覚える。宮廷女官たちに長い裾を持たれながら祭壇に向かうと、普段は薄暗い聖堂内にはいくつものシャンデリアが灯され、眩いほどに輝いていた。

壇上では老齢の大司祭と助手を務める枢機卿が待ち構えていて、神に詩編を奏上する。

そしてこちらに向き直り、厳かな声で言った。

「親愛なる娘よ、神の御前にて告解しなさい」

アレクシアは枢機卿が差し出した聖書に手を置き、それに応えた。

「告解(コンフィテオ)いたします」

大司祭が祈りの言葉を唱え始め、他の司祭たちが節をつけながらそれを唱和する。

やがてそれは讃美歌となり、余韻を残して終了すると、アレクシアは祭壇の真ん中で跪(ひざま)いた。

（どうしよう……わたし、本当に女王になるの？　何の心構えもできていないのに）

そんな戸惑いを押し殺しながら首を垂れるアレクシアを、大司教が聖油で浄める。

天から遣わされた聖なる油で額と両手を浄めることにより、神通力が備わって、国を治める力を得るとされているらしい。最後に王笏と宝剣、指輪を順番に授けられ、大司教によって頭に宝冠を被(かぶ)せられた。

「アレクシア・ヘレナ・ブロムベルク、あなたはブロムベルクの女王としてその魂と肉体を国家に捧げ、民のために尽くすと誓いますか」

「はい。誓います」

聖堂内に並んだ閣僚や司祭たちが拍手をし、アレクシアは立ち上がる。ブロムベルク王国に、新たな女王が即位した瞬間だった。

マントを翻したアレクシアは赤い絨毯を踏みしめ、長いトレーンを引きずって玉座の間に向かう。美しい彫刻が施された柱が何本も立ち並び、金の縁取りがされた緋色の布が垂れ下がる壁の前に、絢爛な装飾をされた玉座があった。

そこに腰を下ろすと、宰相のオスヴァルトが前に進み出て、臣下の礼を取りながら言った。

「女王陛下におかれましては、戴冠の儀を滞りなく終えられ、心よりお慶び申し上げます」

「ありがとう」

彼がすぐに顔を上げ、アレクシアを見つめて言葉を続ける。

「しかしながら、火急にお伝えしなければならないことがございます。先王陛下の崩御が近隣諸国に伝わり、我が国に一斉に攻め入ろうとする動きがあるようです」

それを聞いたアレクシアは驚き、彼に問い返した。

「それはまことの話ですか」

「はい。他国間のやり取りが頻繁になっているようだと、情報将校からの報告がございました」

ならば自分が女王としてしなければならないことは、一体何だろう。アレクシアは必死に考えを巡らせ、オスヴァルトに向かって告げた。

「急ぎ軍議を開くため、関係者を招集してください。それと、これまでの他国との関係がわかる資料を用意していただけますか」

「承知いたしました」

――それから一週間、戦況は悪化の一途を辿った。

小国レーリヒに残っていたブロムベルク軍は殲滅させられ、他の国との国境を警備していた小隊も次々に姿を消した。

そしてエヴラール大公国、ヘルツェンバイン王国、レーリヒ王国、バリエンダール共和国、ナサリオ王国の五ヵ国による連合軍が宣戦布告するに至り、ブロムベルクの軍議は紛糾した。

「我が国は強い。連合軍を迎え撃つべきだ」「いや、他国の兵力は侮れない。それぞれの国境から同時になだれ込まれれば、首都レームが危うくなる」――そんな意見がぶつかり合い、ときに怒号が飛ぶ。

その真ん中にいるアレクシアは、ひどく葛藤していた。図らずも女王として即位してしまい、今や国の命運は自身の双肩に掛かっている。ユストゥスが亡くなった直後、他国が弔意（ちょうい）を示すどころか協力して反撃に転じたということは、それだけ彼の暴虐非道な振る舞いが憎まれていたということだ。

アレクシアの脇に控えた宰相のオスヴァルトが、言い争う者たちを見つめながら抑えた声音で問いかけてきた。

「陛下、どうされますか。こうして意見をぶつけ合っているうちに、我が国は連合軍に攻め入られます。国境付近にはそれぞれ歴戦の猛者（もさ）である司令官を配置し、おいそれと侵入できないようにしておりますが、一度戦いの火蓋（ひぶた）が切られれば事態はもう止められません。血で血を洗う戦となるでしょう」

アレクシアは顔をこわばらせ、ぐっと唇を引き結ぶ。

今こうして意見を交わしている軍の関係者たちは、誰もこちらを見ようとしない。ユストゥスの死によって急遽即位したアレクシアが、〝お飾り〟の女王だとわかっているからだ。

（わたしは王位に就くための帝王教育も、軍略に関することも、何も教えられていない。……女王でありながら、国に関しては限りなく素人なのだわ）

ユストゥスは世継ぎの王子としてふさわしい教育を受け、独裁的ではあったものの確かに内外から〝王〟として認められていた。それに比べると自分はあまりにも頼りない存在であり、最初から為政者として期待されていないのは当然だといえる。

(でも――)

たとえ無知でも、期待されていなくても、アレクシアはブロムベルクの女王だ。ならば国土と民を守るべく尽力するのが、自身に課せられた使命ではないか。そう考え、オスヴァルトに対して口を開きかけた瞬間、会議室に衛兵が入ってくる。

「失礼いたします。連合軍より派遣された特使が、女王陛下にお目通りを願っております」

「何だって」

すると軍務大臣のマイヤーハイムが、激昂(げっこう)して言う。

「何が特使だ、生意気な。どうせ『降伏しろ』と言いに来たのだろうが、そんな話は聞く価値もない。私が直々に斬り捨ててくれる」

「――お待ちください。わたくしは会います」

アレクシアは立ち上がり、オスヴァルトを伴って謁見(えっけん)の間に向かう。

髪と衣服を整えてくれた女官が下がり、オスヴァルトが合図をすると、口髭(くちひげ)をたくわえた四十代とおぼしき男性が室内に入ってきた。彼は玉座の前で丁寧に礼をして名乗る。

「ナサリオ王国から参りました、クレト・デ・ベルグラーノと申します。アレクシア女王陛下に謁見が叶い、まことに光栄です」

「………」

「このたびわたくしは、五ヵ国からなる連合軍の特使として親書をお持ちいたしました」

クレトが親書を捧げ持ち、アレクシアは頷いて応えた。

「拝見いたします」

護衛騎士が親書を受け取り、それをオスヴァルトに手渡す。先に中身を確認したオスヴァルトが、それをアレクシアに見せてきた。

内容は、ブロムベルク王国はただちに武装を解除し、条件を付することなく和平交渉のテーブルに着くこと。その際、現在展開中の軍組織は連合軍の管轄下に置くこと。そして返答期限は三日後で、それを過ぎた場合は連合軍がブロムベルク王国に一斉に攻撃を開始することなどが明記されていた。

（無条件降伏……これを承諾しなければ、ブロムベルクは戦火に焼き尽くされる）

アレクシアの心臓が、ドクドクと速い鼓動を刻む。

文面からは、五ヵ国からなる連合軍が本気でブロムベルク王国を潰しにきているのが伝わってきた。彼らは軍人として名高かったユストゥスが突然死した機会を逃さず、長年に亘って他国への侵略行為を続けてきたこの国を封じようとしている。

アレクシアは親書を膝に置き、精一杯平静を装いながらクレトに向かって言った。

「これから閣僚会議を開き、信書の内容を精査します。ベルグラーノ卿は、三日後の期限までここに留まられますか?」

「はい。ご迷惑でなければ」

「ならば部屋を用意させましょう。グレーデン、西の碧玉(へきぎょく)の間にベルグラーノ卿をご案内するように」

「承知いたしました」


それから三日間、王宮内では何度も閣僚会議が行われた。

武闘派は「特使であるベルグラーノの首を刎(は)ね、それを連合軍に送りつけて、彼らを迎え撃つべきだ」「勇猛果敢で知られる我が国の軍は、決して負けることはない」という意見で、国民の命を危険に晒しても戦おうとする意志が強い。

一方の穏健派は、「我が国の兵力では、五ヵ国からなる連合軍を相手にするのは現実的に不可能だ」「民と国土を守るべく、できるかぎり優位な条件で降伏を受け入れるべきだ」というもので、双方は決して相容れるものではない。

そんな中、アレクシアはずっと葛藤し続けていた。これ以上戦を続けても、ブロムベルク側に勝ち目はない。このまま無為に兵士や民が死ぬことは耐えられず、国家元首として自分の判断が求められているのをひしひしと感じる。

（わたしの判断は……ブロムベルクの王国史に、未来永劫屈辱として刻まれるものかもしれない。でも人命には代えられないのだから、仕方がないわ）

アレクシアは深呼吸をし、閣僚たちを見つめる。そして勇気を出して口を開いた。

「あなた方の意見は、よくわかりました。――わたくしはこの国の女王として、連合軍が提示した無条件降伏を受け入れるつもりです」

すると彼らが一斉にこちらを向き、軍務大臣のマイヤーハイムが信じられないという顔で言う。

「何をおっしゃっておられる。女王陛下は、我々に死ねと言うおつもりか」

「いいえ。生きるため、民を守るために降伏するのです」

「国としての矜持（きょうじ）をへし折られ、生き永らえる意味などありますまい。ブロムベルク王国の誇りにかけて、最後まで命を賭（と）して戦うべきです」

彼に同意する声が次々と上がったものの、アレクシアは撤回する気はなかった。

するると誰かが「国のことなど何もわからない、小娘風情が」と吐き捨てるのが聞こえ、オスヴァルトが鋭い声で問いかける。

「──今発言したのは、一体どなたですか。女王陛下を軽んじる発言は、断じて看過できません」

「…………」

室内がしんと静まり返り、誰も答えない。しばらく一同を見回していたオスヴァルトが、再び口を開いた。

「常ならば、国家運営に関することは閣僚会議並びに枢密院議会での審議が義務づけられております。しかし今は、建国以来最大の有事。こうした場合は国主の判断が何よりも優先され、枢密院議会を通さずに執行できると法に明記されております。女王陛下は、たった今自らのご意思を示された。つまり降伏は決定事項です」

「…………」

「ブロムベルク王国は、連合軍が提示した無条件降伏を受け入れます。特使であるベルグラーノ卿にすみやかにその旨を通達し、連合の沙汰を待ちましょう」

すると再び武闘派が怒声を上げ、アレクシアに詰め寄ろうとする場面があったものの、護衛騎士二人がそれを阻止した。

目の前の騒ぎをよそに、オスヴァルトがアレクシアの背後でささやく。

「――このあとはベルグラーノ卿が我が国の返答を連合軍に持ち帰り、双方が話し合いのテーブルに着いた上で和平条約に調印するという流れになります。女王陛下におかれましては、このあと招集する枢密院議会でこの決定を報告していただけますか」

「わかりました」

彼の口調は淡々としていて、感情が読めない。

もしかすると内心は無条件降伏を受け入れていないのかもしれず、アレクシアの胃がぎゅっと締めつけられた。

（たとえこの場にいる人たちに恨まれても、わたしはこれ以上の血を流したくない。……兵士も民も、国家のために犠牲になっていい命はひとつもないのだから）

その後、枢密院議会で連合に降伏することを自らの口で報告したアレクシアだったが、閣僚会議と同様に議場には怒号が飛び交った。

見たところ反対派と賛成派は拮抗（きっこう）しているようだが、降伏という決定を下した自分を女王としてふさわしくないと考えている者たちが一定数いるのを肌で感じ、アレクシアはいたたまれなさをおぼえる。

連合との話し合いは、ブロムベルク王国とヘルツェンバインの国境で行われることになった。五ヵ国の代表と立会人としての第三国の者、そしてブロムベルクの女王アレクシアが一堂に会し、和平条約に調印する。

それに先立ち、アレクシアは連合側から新たな条件を提示された。

「このたびの和平条約は、大陸の平和と安寧のためのもの。しかしながら、我々はブロムベルク王国の狼藉を忘れておりません。先王ユストゥスは自らの力を誇示するため、係争地となった国で悪逆のかぎりを尽くした」

「……………」

「新たに即位されたアレクシア女王は、そのような方ではないとお見受けします。そこで提案なのですが、ブロムベルク王国にこれ以上戦う意思がないのを示すため、女王には連合のいずれかの国の王族と婚姻を結んでいただきたいのです」

「婚姻……」

突然提示された条件に、アレクシアは呆然とする。

要は女王の配偶者、つまり〝王配〟を連合の王族から輩出することにより、ブロムベルク王国に不穏な動きがないかどうかの監視者として傍に置くつもりなのだろう。

まるで罪人であるかのような扱いは屈辱的で、アレクシアはぐっと唇を引き結んだ。

（そんな相手と結婚しても、きっと幸せにはなれない。もしかすると夫となる人は己の立場を振りかざし、国政に口を出したりわたしを虐げる恐れもある。……でも、これも国と民のためだわ）

夫を国政からできるかぎり遠ざけ、自分がその抑止力となる。

たとえ夫婦関係が歪なものになったとしても、妻としてそれを受け止めればいい話だ。

そう結論づけ、アレクシアは顔を上げると、毅然として頷いた。

「わかりました。――ブロムベルク王国女王として、婚姻を承諾いたします」

和平条約に調印し、五ヵ国と第三国が同じものをそれぞれ受け取る。ここまで同行した外務大臣のフォルバッハが、気がかりそうに問いかけた。

「それで女王陛下の王配となられるのは、一体どこの国の王族なのですかな」

「まだ選定中です。追ってご連絡いたしますので、しばらくお待ちください」

オスヴァルト、そしてフォルバッハと連れ立って王宮に戻ったアレクシアは、憂鬱な気持ちを持て余した。

国益を考えて婚姻を承諾したものの、本当は気が進まない。アレクシアの心には、三年前からレオンがいる。たとえもう会えなくても、敵だと思われていても、初めて心を通わせた彼を忘れることなどできなかった。

数人の召し使いたちに着替えを手伝ってもらったが、それを指示するのはアレクシア付きの侍女であるエラだった。彼女は背が高く、いつもきびきびとしていて、地味な顔つきではあるものの仕事ができる印象だ。「ただいまお茶をお持ちいたします」と言って彼女たちが退室していき、入れ替わるように侍従が来訪者があるのを告げた。

「エーレルト公爵がお目通りを願っております。いかがなさいますか」

「会います。通してください」

部屋に入ってきたのは、スラリとした細身の青年だった。

彼――ラファエル・ヘルマン・エーレルトは、去年亡くなった父親の跡を継いで公爵となった人物で、王家に所縁の者だ。アレクシアの父方の従兄に当たり、三年前にユストゥスによって首都レームに呼び寄せられて以来、何かと気にかけてくれている。

整った容貌で優しげな雰囲気の持ち主である彼は、アレクシアが親しく言葉を交わせる数少ない人物だった。ラファエルがこちらを見つめ、微笑んで言う。

「調印式、滞りなく済んだんだね。お疲れさま」

「ありがとう。でも枢密院議会では依然として反対派の声が大きくて、無視できないの。彼らに『国の誇りを売り渡した』と言われても仕方がないことをしたのだと、よくわかっているわ」

思わず弱音を漏らしてしまったのは、ラファエルがずっと自分の話し相手として相談に乗ってくれているからだ。彼はやるせない表情で言った。

「そうだね。これまで大陸の覇者となるべく突き進んでいたブロムベルクが連合の支配下に置かれることに、納得がいかない層は多いだろう。でもこの国に五ヵ国を一度に相手にする力はないし、もし戦争になれば国土も民も蹂躙（じゅうりん）される。君は最善の選択をしたと思うよ」

「…………」

「それに和平条約では、自治が認められたんだろう？　最悪の場合、王族全員が粛清（しゅくせい）された可能性もあったんだから、上手く落としどころを決めることができた」

「そうね。でも……」

エラが茶器を運んできて、アレクシアとラファエルの前に置く。

カップに注がれていくお茶を見つめながら、アレクシアが調印の寸前に連合国のいずれかの王族と婚姻することを承諾させられたことを話すと、彼が目を瞠（みは）って言った。

「つまり連合が、問答無用で君の結婚相手を決めるってこと？　それって内政干渉じゃないか」

「ええ。でもあの状況では、わたしが断れる余地はなかったわ。これまでお兄さまが他国にしてきた行動のツケが、〝王配〟という名の監視者を傍に置くという形で現れているのだもの」

するとラファエルが同情の色を瞳に浮かべ、気遣うように問いかけてきた。

「アレクシア、君はそれでいいの？　いくら王族とはいえ、どんな相手が来るかわからないなら、不安だろうに」

「断れば和平交渉は不調に終わり、ブロムベルクは連合に武力制圧されてしまう。そうすれば、たくさんの血が流れることになるわ。わたしは図らずも女王になったけれど、たとえ国家のためでもこの国の人間に『戦え』と命令したくない。だから受け入れるつもり」

窓からは、うららかな午後の日差しが差し込んでいた。

オレンジ色の西日に照らされながら、ラファエルがカップをソーサーに置いてつぶやいた。

「そうか。思いがけず女王として即位したのに、君はちゃんと民のことを考えているんだな。とても立派だし、すごいことだと思う」

「………」

「これからこの国は連合の監視下に置かれるけど、君ならユストゥスと違って戦のない平穏な国を造れる。僕は応援するよ」

「ありがとう」

連合の特使であるクレト・デ・ベルグラーノから、「女王陛下の王配となる者が決まったので、首都レームにお連れする」という連絡がきたのは、調印式から三日後のことだった。

手紙には詳細は書かれておらず、アレクシアは落ち着かない気持ちで彼らが来るのを待つ。やがて「特使どのが到着されました」という知らせを受け、謁見の間に向かった。

すると玉座の前に跪いて待っていたのは、クレトと一人の男性だった。

「アレクシア女王陛下には、ご機嫌うるわしゅう。本日は連合の決定により、王配となる方をお連れしました」

アレクシアが「顔を上げてください」と告げると、彼らが頭を上げる。

（ベルグラーノ卿の隣にいる男性が、わたしの夫となる人。……どんな人なのかしら）

そう考えながら男性に視線を向けたアレクシアは、ふと目を見開く。

銀色がかった金の髪は絹糸のようにサラリとしており、後ろで結わえられていた。コートとウエストコートには金糸と銀糸、多彩な色糸や模造宝石で豪奢な刺繍が施され、ジャボと袖口飾りがついた綿のシャツにクラヴァットという華やかな服装だ。

切れ長の目元と宝石のようにきらめく青い瞳、高い鼻梁や薄い唇などが形作る顔立ちは秀麗で、ハッと目を引く容貌をしている。王族にふさわしい気品を漂わせる彼は、かつてより髪が長くなり、騎士のときとはまったく雰囲気が違うもののその顔に見覚えがあった。

（嘘、どうして……）

呆然とするアレクシアを、男性が冷静に見つめ返してくる。彼の隣で、クレトが紹介した。

「ヘルツェンバイン王国の第三王子、レオン・ウーヴェ・ヘルツェンバイン殿下です。年齢は二十五歳、騎士として名高く、アレクシア女王とよくお似合いだと思われますが、いかがでしょうか」

第三章

王配が決定したことは表向きブロムベルク王国の慶事とされ、その日王宮では宴が開催された。

正式な婚儀は後日執り行われることになるものの、レオンはアレクシアの〝夫〟として扱われる。大広間で上座に並んで座る二人の元に、国内貴族たちが次々と祝辞を述べにやって来た。それに応えながら、アレクシアは隣に座るレオンの様子をそっと窺う。

（まさかわたしの夫が、レオンさまになるだなんて。……一体どんな顔をしたらいいの）

彼に会うのは、三年ぶりだ。

森で出会い、互いの身分を明かさないまま、怪我をした彼の手当てをした。強く惹かれ合っていたものの、兄のユストゥスの出現によって誤解されたまま別れてしまった。

（レオンさまは、わたしのことをどう思っているのかしら。この方にとってのわたしは、憎きお兄さまの妹で敵国の女王。今回の結婚は、それを納得してのこと？　それとも……」

クレトによって紹介されたあと、アレクシアは公務で一旦下がり、レオンは用意した部屋に通されたために何も言葉を交わしていない。

こうして隣り合って座っていても、彼はまったくこちらを見ようとしなかった。挨拶に来る貴族たちに如才ない対応をし、社交的な微笑みを浮かべても、それをアレクシアには向けない。

やがて宴が終わり、アレクシアはレオンと話をするべく彼の部屋に向かおうとした。しかしそれを聞いた老齢の侍従が、渋面で進言してくる。

「女王陛下は、この国でもっとも高い位におられるお方。いくらお相手が王配殿下とはいえ、陛下から出向くことがあってはなりません」

「そうなのですか?」

「はい。ただいまお呼びして参りますので、少々お待ちください」

女王だからといってレオン相手に偉ぶるつもりはなかったアレクシアは、自身の身分に窮屈さをおぼえながらソファに座して待つ。

するとしばらくしてドアがノックされ、侍従に連れられたレオンが姿を現した。

「レオンさま……」

侍従が一礼し、侍女たちも全員部屋を出ていく。

二人きりになった途端、アレクシアはひどく緊張するのを感じた。立ち上がり、彼の傍まで歩み寄って、遠慮がちに口を開く。

「お久しゅうございます。三年ぶりですね」

「……………」

「わたくしの夫となるのがレオンさまだと聞いて、驚きました。連合は五ヵ国のいずれかの国の王族と言っておりましたので」

レオンはじっとこちらを見下ろし、黙して答えない。

戸惑って視線を上げたアレクシアは、彼が思いのほか冷ややかな眼差しをしているのに気づき、ドキリとした。

（あ、……）

その瞳にはかつて浮かべていた恋情は微塵もなく、冷徹な色がある。顔色を失くすアレクシアを見つめ、レオンがようやく口を開いた。

「そうだな。君に会うのは三年ぶりだ。――アレクシア女王」

「……………」

「まさか君が、ユストゥス王子の妹だとは思わなかった。ただの村娘だと思っていたのに、まんまと騙されたわけだ」

確かにあのときのアレクシアは自らの素性を明かさず、彼の勘違いをわざと正さなかった。それはレオンをブロムベルク軍の騎士だと思い、この国の王女だといえば混乱を招くと思ったからで、決して騙そうと思ったわけではない。彼が言葉を続けた。

「それに君は、あのとき俺の身柄を兄に売った。炭焼き小屋に匿っていることをユストゥスに漏らし、捕縛するように仕向けたんだろう。あの悪辣な王の妹にふさわしい悪女だな」

「違います。わたくしは……っ」

レオンが大きな思い違いをしているのに気づき、アレクシアは顔色を変える。

あの場にユストゥスが来たのは偶然で、レオンの存在は離宮の使用人たちにも明かしていなかった。たまたま斥候が宮を抜け出して森に向かうアレクシアを目撃し、あとをつけただけなのだ。

そう説明しようとしたものの、レオンは聞く耳を持たない。彼は冷ややかな口調で言った。

「今回は連合五ヵ国の話し合いにより、俺が君の夫となることが決定した。だが決して自ら望んだ婚姻ではないし、断ろうとしたのを強引に押しきられた形だ。三年前、何も知ら

なかった俺は確かに君に強く心惹かれていたが、今はそんな気持ちは微塵もない。この婚姻は〝義務〟なのだから、俺に愛されようなどと思わないでくれ」

＊＊＊

王宮の南側に用意された部屋は広く、水色の壁にはたくさんの絵画が飾られ、暖炉の飾り板や分厚い絨毯、マホガニー製の家具や布張りの椅子など、優雅な雰囲気に満ちている。

王配付きの侍従となったヘンケルが着替えを手伝うためについてきたものの、疲れをおぼえたため、「しばらく一人にしてくれないか」と告げた。彼が一礼して去っていき、部屋の中で一人になったレオン・ウーヴェ・ヘルツェンバインは、重いため息をつく。

（さすがは大国と名高いブロムベルク王国、贅を尽くした部屋だ。仮にも女王の夫となる者だから、ひときわ豪奢な部屋を用意したのか）

ソファに腰を下ろしたレオンは、目を伏せる。

つい先ほど言葉を交わしたときのアレクシアの表情が、脳裏から離れなかった。彼女と会ったのは、三年ぶりだ。まさかこんな形で再び顔を合わせるとは思わず、運命の悪戯に苦々しい気持ちになる。

アレクシアはレオンの記憶の中より、格段に美しくなっていた。当時は咲き初めの薔薇のごとく初々しかったが、十九歳になった今は以前に比べて大人っぽくなり、匂い立つような清楚な色香がある。

彼女は王である兄の崩御により、急遽女王として即位したという。豪奢なドレスを身に纏い、頭に王冠を被った姿には確かに威厳があったものの、本人はどこか自信なさげで、突然転がり込んだ地位に戸惑っているのが見て取れた。

（あの頃は地味なドレス姿で、村の裕福な商家の娘か何かだと思っていた。まさか王女だったなんて）

三年前、国境付近でブロムベルク王国と戦になったが、戦況は苛烈を極めた。ヘルツェンバイン側は大敗を喫し、多くの兵士が命を落とす中、部下の尽力で辛くもその場から離脱することができたレオンだったが、怪我による出血多量で森の中で動けなくなった。

蹲っていたところにたまたま通りかかったのがアレクシアで、彼女は手厚く看護してくれた。

当時〝シア〟と名乗っていたアレクシアの第一印象は、「美しい娘だな」というものだった。明るい金の髪の一部を編み込み、動きやすいドレスという恰好は、派手ではないがほっそりした体型を引き立てていて、丁寧な言葉遣いや控えめな雰囲気に好感が持てた。

顔立ちは花のように愛らしく、傷の手当てをする手つきも丁寧で、毎日水や食料を手に炭焼き小屋に通ってくる彼女にレオンが恋心を抱くのはすぐだった。

怪我のせいで動けず、彼女しか接する人間がいなかったため、余計に気持ちが燃え上がったのかもしれない。美しく優しいシアを、自分のものにしたい。彼女が伴侶となってくれたら、この先の人生はきっと豊かなものになるはずだ。傷が癒えて国に帰るときは、一緒に連れていきたい——そんな思いがこみ上げてたまらず、レオンはそれまで感じたことがない激しい恋心に懊悩した。

自分はヘルツェンバイン王国の第三王子で、庶民の彼女とは身分的な隔たりがあるものの、愛情があればそんなのは些末なことだ。そう考え、自分の素性を話そうとした瞬間、炭焼き小屋に兵を連れたユストゥスが現れた。

彼はレオンが逃げていった方角からブロムベルク国内にいると考え、行方を捜していたらしい。

(彼女は俺を炭焼き小屋に匿っていることを、兄に伝えていた。つまりこちらの身柄を引き渡すつもりで、時間稼ぎをしていたんだ)

だからこそ「わたくしはレオンさまと一緒に行くことはできません」と言っていたのだと悟ったとき、レオンの心には裏切られた痛みと怒りが渦巻いた。

清らかで心優しい娘だと思っていたのに、アレクシアが自分に見せていた姿はすべて偽りだったのだ。

その後、近衛兵たちと斬り合いながら逃げたレオンは、国境近くでヘルツェンバインの兵士たちと落ち合うことができ、何とか国に戻ることができた。

そして一年後、かねてから療養中だったブロムベルク王国のルカーシュ王が亡くなり、新たな国王となったユストゥスは、他国への侵略行為を激化させた。領土を拡大するべく進軍するブロムベルク軍は、他国に恐怖を植えつけるために係争地で残虐行為を働き、女性や幼い子どもを殺害して村を焦土と化したり、住人を連れ去って奴隷にした。

ブロムベルク王国への怨嗟が大陸中に伝播(でんぱ)し、水面下で各国が協調し始めた中でユストゥスの訃報が届いたとき、レオンは半信半疑だった。しかしそれが真実だとわかり、新たな君主として王妹アレクシアが即位するのだと知ったとき、複雑な気持ちになった。

三年前の出来事で深く傷ついたレオンは、意図して彼女を思い出さないようにしていた。だが図らずも名前を聞くことになり、あまつさえ王配に選出されてしまったのは、運命の悪戯としか言いようがない。

（初めは断ろうとした。あのユストゥスの妹で、俺を裏切った女を妻にするなど、冗談じゃない。……でも）

王配は連合五ヵ国の協議によって決められ、「年齢的なことや地政学的に、お前しかいないという結論に達した」と父から言われると、それ以上婚姻を突っぱねるのは難しかった。

かくして連合特使のクレト・デ・ベルグラーノと共にブロムベルク王国を訪れたレオンは、三年ぶりにアレクシアと再会した。繊細なレースをふんだんに使った豪奢なドレスを身に纏い、頭に王冠を載せた彼女には、女王にふさわしい優雅さと気品があった。

顔立ちはかつてより大人びて、ほっそりとした肢体や物腰に匂い立つような清楚な色香が漂っている。その美貌を前にしたレオンの胸がざわめいたものの、そうして心を乱されるのは屈辱的だった。

（たとえ夫となっても、俺は彼女を愛さない。……これは復讐だ）

自分を裏切り、身柄を兄に売った女を、妻として愛せるわけがない。

アレクシアに直接そう告げたところ、彼女はショックを受けたようだった。先ほどの表情を思い出し、レオンは苦々しい気持ちを噛みしめる。

（過去にあんなことがあったのに、俺が喜んでこの国に来たと思っているなら、能天気にも程がある。「お久しゅうございます」などとよく言えたものだ）

レオンは連合から、女王アレクシア並びにブロムベルク王国を監視するという密命を受けている。

　これまでの悪逆非道な行動は前王ユストゥスの仕業だったが、今後またブロムベルクが軍国主義に戻らないとも限らない。レオンは王配として枢密院議会に出席し、国内で人脈を構築して情報収集する。そしてその内容を定期的に連合に報告することになっていた。

（そうだ、これは〝仕事〟だ。女王の配偶者という立場で、俺はこの国に首輪を着ける。

――そのためにここに来たんだ）

　それから二日後、レオンは首都レームにあるデュンヴァルト寺院でアレクシアと結婚式を挙げた。

　国の大々的な祝賀行事は後日改めて執り行われるが、その前に挙式をしたのは連合の意向だ。レオンに一日でも早く〝王配〟という正式な立場を与え、ブロムベルクの中枢に入り込ませる――それが近隣五ヵ国の狙いだった。

　六頭立ての馬車で寺院に向かい、正装した二人は、神の前で貞節を誓う。純白のドレスを身に纏い、頭に花冠と優雅なベールを着けたアレクシアはうつむきがちだった。

　レオンはそんな彼女に声をかけることはなく、極めて事務的な気持ちで婚儀を終える。

夜に開催された宴は終始華やかな雰囲気だったものの、実際は腹の探り合いだった。閣僚や貴族たちはにこやかにこちらに挨拶してくるが、その言葉には見えない棘が隠されている。誰もがレオンを〝敵国〟の人間だと認識し、歓迎していないのは明らかだった。

(考えてみれば、それも当たり前だな。俺もこの国の者たちを敵だと思っているし)

レオンはヘルツェンバインの軍を率いてブロムベルクと何度も戦ったことがあり、もしかするとこちらの顔を覚えている将官もいるかもしれない。

そんな中、これから女王の配偶者として生きていくのだから、この王宮はある意味レオンにとって〝戦場〟だ。連合の後ろ盾があるために表立っては誰も仕掛けてはこられないだろうが、足元を掬われないよう常に気を張っていなければならない。

長時間に及ぶ披露宴は日付が変わる前に終了し、私室に下がる。侍従の手を借りて湯浴みをしたレオンは、夫婦の寝室に向かった。すると天蓋付きの豪奢なベッドの縁に、白い夜着を身に着けたアレクシアが座っている。

「あ、……」

侍女たちの姿は既になく、彼女は美しく寝化粧を施されていた。

明るい金の髪は下ろして背中で波打ち、ほっそりした体型に薄い上質なレースを重ねた優雅な夜着が似合っている。襟ぐりの部分は大きく開き、きれいな鎖骨が見えていて、首の細さが際立つデザインだ。

挙式をした今夜はいわゆる〝初夜〟で、夫婦となった自分たちはこれから契りを交わさなければならない。いわば義務のため、レオンはこうして寝室を訪れていた。

アレクシアは一瞬こちらを見たものの、すぐに目を伏せ、緊張した面持ちでうつむいている。それを見つめたレオンは無言でベッドに歩み寄ると、腕を伸ばして彼女の頬に触れた。

アレクシアの細い肩がビクッと震え、薄い緑色の瞳がこちらに向けられる。レオンは淡々とした口調で告げた。

「――君の夫となった以上、俺はその義務を放棄する気はない。周囲から王配としてふさわしくないと思われる行為は、極力避けるつもりだ」

「…………」

「つまり何が言いたいかというと、俺は〝夫〟としての義務で君を抱く。でもそこには愛情はないから、決して期待するなということだ」

「あ……っ」

アレクシアの肩をつかみ、ベッドに押し倒したレオンは、ゆっくりと彼女の上に覆い被さる。長い金の髪をシーツに広げ、こちらを見上げるアレクシアは、花のように美しかった。レオンは身を屈め、彼女の唇を塞(ふさ)ぐ。

「……っ」

口腔に押し入り、ぬめる舌を絡める。

三年前にもアレクシアに口づけたことがあるが、あのときはいとおしさで胸がいっぱいだった。しかし今は彼女の反応を窺う冷静さがあり、そんな自分に苦い気持ちになる。

（俺は……）

夜着に包まれた胸元に触れると、柔らかな弾力が手のひらを押し返してきた。

アレクシアの顎(あご)をつかんで口腔を舐め尽くしつつ、レオンはもう片方の手で胸のふくらみを揉(も)みしだく。彼女の息遣いが次第に乱れていき、息継ぎのタイミングで小さく声を漏らした。

「……っ……ぁ……っ」

思いのほか色めいたその声に、レオンの中の劣情が揺り起こされた。

もっと喘(あえ)がせたい気持ちがこみ上げて胸の先端を夜着越しに摘まむと、華奢(きゃしゃ)な身体が跳ねる。そこは愛撫(あいぶ)に反応して硬くなり、生地の上からでも形がわかるようになって、レオンは胸元のリボンをスルリと解いた。

すると夜着の前が開き、眩(まぶ)しいほど白い裸体があらわになる。きめ細やかな肌は内側から輝いているようで、胸の形が美しかった。腰は細く、淡い茂みは髪の色と同じ金色で、身体つきは華奢でありながら女性らしい曲線で形作られている。

胸の先端は清楚な色でつんと尖っており、レオンは身を屈めてそれを口に含んだ。

「あっ……」

乳暈を舌先でなぞり、先端を押し潰したあとで吸い上げる。ベッド脇に置かれたランプの灯りで室内はぼんやりと明るく、胸の先端が唾液で濡れ光る様がひどく淫靡だった。

アレクシアは完全に無抵抗で、レオンの愛撫を受け止めている。羞恥をこらえる様子で手の甲で口元を押さえていて、身じろぎするたびに長い金色の髪がシーツの上でうねった。

胸のふくらみをつかみつつ、レオンが先端を舐めたり吸ったりする愛撫を続けると、彼女が息を乱す。

「んっ……ふっ、……ぁ……っ……」

アレクシアの反応を窺いながら、レオンは片方の手を彼女の下半身へと伸ばす。

すんなりと細い太ももを撫で上げ、脚の間に触れたところ、そこはかすかに潤んでいた。自分の愛撫でアレクシアが反応しているのだと思うと、レオンは何ともいえない気持ちになる。

今この瞬間、彼女は一体何を考えているのだろう。こちらの気持ちが三年前のままでないのは、再会したときの会話でわかっているはずだ。愛がないと知っていながら〝夫〟となった自分に抱かれることに、どんな感情を抱いているのか。

（女王という立場だから、夫を持つのは当然だと思っているんだろうか。もし他の男が王配になったとしても、彼女はこうして黙って抱かれたのか？）

それを想像した途端に心がざわめいて、レオンはかすかに顔を歪める。

自分は義務としてアレクシアに触れており、彼女もそれは同様だと思うのに、それ以上の意味を見出そうとしている。そんな自分をひどく女々しく感じ、レオンはぐっと唇を引き結んで身体を起こした。

「レオンさま……？」

しどけない姿のアレクシアが戸惑いの表情で声をかけてきて、レオンはそれを苦い気持ちで見下ろす。そしてポツリとつぶやいた。

「すまない。――どうも今夜は、その気になれないようだ」

彼女から離れたレオンは、広いベッドの端近くに横たわり、背を向ける。本当はこの部屋から出ていきたいものの、初夜に新婚夫婦が別々の部屋で眠れば、たちどころに不仲が噂になってしまうだろう。

アレクシアが身を起こし、じっとこちらを見つめているのを感じるが、レオンは動こうとしない。心には、複雑な思いが渦巻いていた。

（最初こそ気が進まなかったが、俺は連合の総意を受け、この国の監視役としてアレクシアの夫となるのを受け入れたはずだ。義務の中にこうした行為が含まれているのは最初からわかっていたし、何なら子どもを作ることも求められている。……それなのに）

　土壇場で気持ちが萎（な）えてしまった自分に、忸怩（じくじ）たる思いがこみ上げる。

　至って淡々と事を終えようとしていたのに、私情を優先してしまったのがひどく情けなかった。だが今日はまだ、初日だ。晴れて夫婦となった今、こうした機会はこれからいくらでもある。

（そうだ。夫となった以上、妻を抱くのは当然だ。たとえ気持ちがなくても、行為だけなら男はいくらでもできる）

　そう自らに言い聞かせ、レオンは目を閉じる。

　広いベッドのシーツはひんやりとし、どこか寒々としていた。頑（かたく）なに瞼（まぶた）に力を込めながら、レオンは身の内に渦巻くやるせなさをじっと押し殺した。

第四章

ブロムベルク王国は先々代国王ルカーシュ・カレル・ブロムベルクの頃から軍事国家の色を強くし、国内政策は徴兵・徴税と軍需品の生産を主としていた。

軍規を改め、騎兵や歩兵を増強する一方、広大な国土を生かして農作物や毛織物、鉄鉱石や木材などを生産し、外交にもそれなりに力を入れていたが、ユストゥスが王となってからは軍事に偏っていたという。

その分、道路整備や治水、産業投資がおろそかになり、税収が減っているのが現状だ。折しも昨年は雨が多く、農作物に影響が出た他、護岸工事の遅れで洪水による甚大な被害が出た地域もあるらしい。

枢密院議会の内容はそうした国内経済に関することや税収についてなど、多岐に亘る。だが女王として出席するアレクシアは、彼らの話の内容がほとんど理解できなかった。

（どうしよう、全然わからない。わたしは女王で、国に関することすべてに目を配らなけ

ればならないのに）

枢密院議会が終了したあと、護衛騎士に付き添われて王宮内の自室に戻りながら、アレクシアは気分が落ち込むのを感じた。

兄のユストゥスが突然亡くなってから三週間が経つが、アレクシアを取り巻く環境は劇的に変化した。未婚で子がいなかった彼の跡を継ぐ形で女王として即位することになり、直後に近隣五ヵ国からなる連合軍に宣戦布告された。

それはこれまでのブロムベルク王国の所業を考えれば、当然だったのかもしれない。アレクシアは国民の命を最優先にするために無条件降伏を受け入れたが、軍務大臣を中心とする一派はその決定に不服であるのを隠そうとしなかった。

長く軍事国家だったブロムベルク王国にとって、歴史的な転換だ。連合の支配を受け入れる一環として、〝五ヵ国のいずれかの国の王族と婚姻を結ぶ〟という条件を強要され、アレクシアはそれを受諾した。

だが王配としてやって来たのがヘルツェンバイン王国の第三王子・レオンだと知ったとき、大きな衝撃を受けた。

（よりによって、あの方がわたしの夫になるだなんて。……レオンさまは、自分から望まれたわけではないと言っていたけど）

三年ぶりに見る彼は端整な顔立ちはそのままに、より精悍になっていた。出会ったときは甲冑を着た騎士の姿だったが、豪奢なコートとシャツ、クラヴァットという恰好のレオンは王族らしい気品に満ちており、かつてより伸びて後ろで結わえた髪もよく似合っていた。

思いがけない再会に驚きながらも、自分の夫となるのが彼だと知って、ときめきをおぼえなかったと言ったら嘘になる。だがレオンの態度はアレクシアの想像とは違い、にべもないものだった。

「君はあのとき、俺の身柄を兄に売った」「この婚姻は〝義務〟なのだから、俺に愛されようなどと思わないでくれ」と言われたとき、アレクシアは言葉を失くした。

炭焼き小屋にユストゥスが現れたのを、彼は自分が手引きしたと思い込んでいるらしい。実際はそんなことはなく、アレクシアは兄の斥候に偶然あとをつけられただけだったが、レオンはこちらに冷ややかな視線を向けてきた。

彼の言葉や態度には冷たい拒絶がにじんでいて、それを前にしたアレクシアはすっかり萎縮してしまった。記憶の中のレオンはいつも優しく、真っすぐで真摯な愛情を向けてくれていただけに、その落差に愕然(がくぜん)としている。

（レオンさまの誤解を解きたいけれど、あの方はまったく聞く耳を持ってくれない。また

きつい言葉を投げつけられたらと思うと、自分から話しかけるのが怖くなってしまう）

鄙びた離宮育ちで、元々内気な性格のアレクシアは、自己主張するのが苦手だ。

三年前の出来事のあとは首都レームの王宮で暮らすようになり、人と接する機会は増えたものの、異性と関わることを兄に硬く禁じられていたために免疫もない。

レオンと話し合う糸口を見つけられず、手をこまねいていたアレクシアだったが、彼がブロムベルク王国にやって来て二日後、連合の意向で早々に挙式をすることになってしまった。

式の最中も夜の披露宴のときも、レオンはこちらを一切見ようとはせず、アレクシアは惨めな気持ちを味わった。本来結婚とは幸せなものであるはずなのに、夫となる彼に無関心を貫かれている状況は、あまりにもつらい。

（でも王族の結婚は、どこもこんなものなのかしら。国の都合で相手を決められ、愛情などないまま、形だけ夫婦になる……）

そして迎えた初夜、女官たちに念入りに支度をされたアレクシアは、緊張しながら夫婦の寝室でレオンの訪れを待った。

やがて現れた彼は夜着姿で、当然のようにアレクシアをベッドに押し倒してきたが、その眼差しは氷のように冷ややかだった。キスや愛撫でじわじわと性感を高められる一方、愛情を微塵も感じない表情に、アレクシアは傷ついていた。

（三年前にわたしに触れてきたとき、レオンさまはとても情熱的だった。でも、今は……）

胸がズキリと痛み、私室に戻ったアレクシアはかすかに顔を歪める。

冷ややかな態度に泣きそうになりながらも、巧みな触れ方に身体を高められ、アレクシアはそのまま最後まで抱かれるのを覚悟していた。しかしレオンは途中で行為をやめ、「どうも今夜はその気になれないようだ」と言って、こちらに背を向けて眠ってしまった。

途中で放り出された形のアレクシアは、どうしていいかわからなかった。「その気になれない」とは、一体どういうことだろう。彼に触れられたとき、何か興を削がれるようなおかしな反応をしてしまったのだろうか。それとも自分の身体には、女性としての魅力がなかったのだろうか。

（わからない。あんなふうに触れておきながら放置して眠ってしまったのは、わざと辱めるため？　それほどまでにわたしのことが嫌いなの……？）

気づけば目に涙がこみ上げ、ポロリとひとしずく頬を伝って落ちる。

今朝、レオンが自室に行ってしまってから入れ替わりに寝室に現れた相談役のビンデバルト侯爵夫人は、シーツに破瓜の証がないのを見て「昨夜は事がお済みにならなかったのですか」と問いかけてきた。

閨に関することを人に話すのに羞恥をおぼえつつも、アレクシアが正直に事情を説明すると、彼女は同情の眼差しで言った。

『男性はときどきそういうことがあるようですわ。極端に疲れていたり、緊張したりすると、閨事への意欲が湧かなくなってしまうのです。きっと一時的なものでございますから、気になさらなくて大丈夫ですよ』

確かに昨日は挙式と披露宴があり、一日を通して多忙だった。

ならば今夜は、最後までするのだろうか。レオンに触れられるのは恥ずかしいのに、無関心な態度を取られることがつらく、アレクシアは鬱々とした気持ちを持て余す。

今日の彼は肖像画を描くため、画家と一緒にいるはずだった。アレクシアは自室で少し休憩したあと、執務室でオスヴァルトから説明を受けながら書類の決裁をする。

そして夜になったが、レオンは食堂に姿を現さず、アレクシアは一人で夕食を取った。入浴を済ませたあとで寝室で待っていると、午後十一時を過ぎてようやく彼がやって来る。

柔らかい綿のシャツにスラックスという恰好は、日中より格段に砕けていて、レオンのスラリとした体型を引き立てていた。かつて騎士として戦場に出ていた彼は、身体に実用的な筋肉がつき、若い獣を思わせるしなやかさがある。

色の淡い金の髪は三年前より長くなり、赤いリボンで結わえられていた。高い鼻梁や涼やかな目元、無駄のない輪郭が怜悧さを醸し出し、その容貌の端整さにアレクシアの胸が高鳴る。

（こんなにきれいな男性がわたしの夫だなんて、まだ信じられない。見ず知らずの人間ではなく、かつて好きになったレオンさまと結婚できて、わたしは幸せなのかも）

だが彼は、三年前の出来事が原因で自分を恨んでいる。アレクシアはその誤解を解くため、レオンを見つめて口を開いた。

「レオンさまに、お話がございます。わたくしは——……」

しかし彼は何も言わず、突然アレクシアの唇をキスで塞いでくる。

そのままベッドに押し倒され、アレクシアはレオンの肩をつかんで言った。

「お、お待ちください。あの……っ」

彼が無言で再び唇を塞いできて、アレクシアはくぐもった声を漏らす。

それと同時にレオンの手が胸のふくらみに触れ、心臓が跳ねた。やわやわと揉みしだいたあとに先端を摘まれ、じんとした感覚に息を乱す。敏感なそこはすぐに芯を持って尖り、恥ずかしさがこみ上げた。

「……っ、は……っ……」

胸元のリボンを解かれた途端、前が開いてハラリと広がる。情事を想定して作られた夜着は脱がせやすい作りになっていて、一気に素肌があらわになってしまい、心許ない気持ちになった。

「あっ……！」

おもむろに胸の先端を舐められ、アレクシアは高い声を上げる。

視線を向けると彼の整った顔が自分の胸に伏せられていて、かあっと頬が熱くなった。

しかし「声を出してはいけない」と考え、慌てて口元を押さえる。

（駄目、声を出しちゃ。はしたないと思われてしまう）

しかし濡れた舌に敏感なそこを舐められると、ゾクゾクと肌が粟立つ。

恥ずかしさはあるものの、他ならぬレオンに触れられていると思うだけで、淫靡な気持ちが高まっていくのを感じた。胸のふくらみをつかんだ彼が、先端を丹念に愛撫してくる。舌先で形をなぞり、ザラリとした表面で押し潰す動きに息を乱したアレクシアは、音を立てて吸われると小さく呻き声が出るのを我慢できなかった。

足先でもどかしく敷布を掻き、上気した顔でレオンを見つめる。やがて彼の手が脚の間に触れ、ビクッと腰が跳ねた。

「ぁ……」

そこは胸への愛撫で熱くなり、わずかに潤んでいる。

昨日は一瞬触れただけでレオンは行為をやめてしまい、アレクシアの中に緊張が走った。割れ目をなぞった指が上部にある花芽に触れ、甘い慄きが走る。蜜口を探られるとぬるりと滑る感触がし、落ち着かず唇を噛んだ。

「……っ、……ん……」

繰り返し秘裂をなぞられるうち、次第に淫靡な気持ちがこみ上げてくる。

相談役のビンデバルト侯爵夫人は、閨での行為について「男性の猛った部分を、御身の中に迎え入れます」と語っていた。男性はその手順を心得ているので、アレクシアは黙ってされるがままになっていればいいと。

（ああ、でも……っ）

じわじわといたたまれなさが募り、アレクシアは息を乱す。

いっそ早く済ませてほしいのに、レオンの手つきはどこか慎重だ。こちらに冷たい態度を取るくせに、極力痛みを与えないよう配慮しているように感じる。

やがて彼の指先が蜜口に埋まり、浅いところをくすぐった。徐々ににじみ出た愛液で濡れた音が立ち始め、アレクシアはレオンに腕を伸ばす。

「ぁ、レオンさま……っ」

「――……」

彼が身を屈め、唇を塞いでくる。肉厚の舌がねじ込まれ、表面を擦りつけながら舌同士を絡ませられて、体温が上がった。口腔を舐めながらレオンの指が少しずつ隘路（あいろ）に埋まっていき、アレクシアは強い異物感をおぼえる。

内壁が指を締めつけて動きを阻んだものの、彼は時間をかけて奥まで埋めた。そして緩やかに抽送（ちゅうそう）を始め、アレクシアは手元の敷布をつかむ。

「うっ……んっ、……ぁ……っ」

身体の内側をなぞられる感覚は強烈で、押し出されるように声が漏れる。

こちらの頭の横に片方の腕をつき、覆い被さりながら隘路で指を行き来させるレオンは、感情を押し殺した目をしていた。それは鬱屈したものを感じさせ、「もしかすると、自分に触れるのは彼にとって苦痛なのかもしれない」という考えが頭をよぎって、アレクシアの胸が苦しくなる。

（そうよ。この方にとってのわたしは、憎いお兄さまの妹。最初に「愛されようなどと思わないでくれ」と言ってきたのだから、わたしを好きになるはずがない）

そう思うと、今こうして触れられている状況にいたたまれなさがこみ上げる。彼に苦痛を強いるのは忍びなく、その一方で女王として子をなさなければならないという使命があり、どうしていいかわからなかった。

気がつけば、目尻から涙がひとしずく零れていた。それを見たレオンが目を瞠り、ぐっと顔を歪める。

彼は身体を起こすと、褥に広がっていたアレクシアの夜着を手に取り、それをこちらの身体の上に掛ける。そして押し殺した声で言った。

「もう寝よう。――おやすみ」

「あ、……」

レオンが昨日と同様に背を向けてしまい、アレクシアは呆然とする。

また自分は、失敗してしまった。彼に触れられている状況で涙を零せば、気分を害されるのは当然だ。だが女性から「最後までしてください」と懇願するのはあまりにはしたなく、もしレオンが気が進まないなら無理を強いることになってしまう。

（そんなのは駄目。……わたしはこの方に、これ以上嫌われたくない）

一度脱がされた夜着を自分で身に着けるのは、ひどく惨めだった。

緩慢なしぐさで着込んだアレクシアは、彼とは反対側のベッドの端に身を横たえて背を向ける。そして涙が零れるのをこらえ、じっと息を押し殺した。

王配は女王の配偶者だが、あくまでも妻より身分が下で、〝陛下〟ではなく〝殿下〟の称号で呼ばれる。

＊＊＊

ヘルツェンバイン王国からやって来たレオンがまず課せられたのは、ブロムベルク王国と王家の歴史を学ぶことだった。それに加え、各領地の名称や風土、貴族間の派閥に関する内容や近隣諸国との関係などについても学ばなければならず、専門の教師がつけられることになった。

その合間に肖像画の作成も加わり、毎日のスケジュールは目白押しだ。約二時間の講義を終え、束の間(つかま)の休憩時間となったレオンは、自室で小さく息をつく。

(他国の王族と結婚するということは、こんなに煩雑なのだな。覚える内容が多すぎる)

一人になると、物憂い気持ちがこみ上げて仕方なかった。

脳裏によみがえるのは、昨夜の出来事だ。夫婦の寝室に向かったレオンは、今夜こそアレクシアと既成事実を作らなければならないと考えていた。

理由は、女王の相談役であるビンデバルト侯爵夫人に釘(くぎ)を刺されたからだ。五十代の彼女はレオンの元を訪れて丁寧に挨拶をし、「ご結婚されたばかりですので、何かとお忙しくしていらっしゃるでしょう」と気遣ってきた。

その上で、「ときに、女王陛下とはまだ事がお済みではないと伺っております」と告げた。

『王配殿下に対し、まことに不敬な発言をお許しください。ですがご夫妻の結婚は、この国の一大事。女王として即位された今、一日も早いお世継ぎのご誕生が求められております。どうかお務めを果たされますよう、重ねてお願い申し上げます』

他人の、しかも女性から閨事について口を挟まれ、不快にならなかったといったら嘘になる。

だがレオンはそれをぐっと抑え、「承知した」と答えた。確かに初夜に夫としての務めを果たせなかったのは、自分の責任だ。アレクシアに対する感情がどうあれ、王配となることを承知してこの国に来たのだから、役目を果たさなければならない。

そう考え、夫婦の寝室に向かったレオンは彼女を問答無用でベッドに押し倒した。アレクシアは何か話したがっていたものの、その時間が惜しい。馴れ合う気は毛頭なく、とにかく本懐を遂げるのを優先したが、身体を傷つけないよう細心の注意を払った。

（でも……）

途中で彼女が涙を零したのに気づき、レオンはハッとして動きを止めた。

自分たちは夫婦となり、こうして契りを交わすのは〝義務〟だが、心情としてはどうだろう。アレクシアは兄の急死によって女王となり、レオンとの結婚は連合から強制されたものだ。

婚約期間もなく、再会して二日後に式を挙げたため、充分な心構えができていたとは言いがたい。そんな中、夫となった人間に「この婚姻は〝義務〟なのだから、自分に愛されようとは思うな」などと告げられた心情は如何ばかりか。

(俺は……)

ぐっと顔を歪めたレオンは彼女から離れ、背を向けていた。

自分がしようとしている行為は、アレクシアを傷つけるものだ。そう思うとそれ以上のことができず、忸怩たる思いを噛みしめた。

その後、身支度を整えた彼女はベッドの反対側に横たわり、啜り泣いていたようだった。それを聞いたレオンは自責の念にかられ、あまりよく眠れずに朝を迎えた。

昨夜も行為を完遂できなかったことは、きっとビンデバルト侯爵夫人の耳に入っているに違いない。もしかすると再び苦言を呈しに来るかもしれず、それを思うと憂鬱な気持ちになる。

(俺はどうするべきだろう。夫婦となった以上、彼女を抱かなくてはならないのはわかっ

ているのに）

今さらこんなふうに考える自分を持て余し、ため息をつく。義務ならば、アレクシアが泣こうが構わずに最後までしてしまえばいいのに、それができない。その理由を考え、レオンは目を伏せた。

（三年前の出来事を、今も引きずっているからか？　ユストゥスが現れるまで、俺は彼女に恋をしていた。傷が癒えたら一緒に国に連れていきたいくらいに愛していた）

深手を負って森の奥で蹲っていたレオンを、アレクシアは献身的に介抱してくれた。毎晩水と食料を持って森の中の小屋まで通うのは、相当な負担だったはずだ。だが彼女はいつも微笑みを絶やさず、丁寧に傷の手当てをしてくれ、花のような容姿も相まってまるで天使だった。

地味だがただの村娘とは違う質のいいドレスを着ていたため、てっきり裕福な家の娘だと勘違いしていた。実際はブロムベルクの王女だったわけだが、品のある物腰や口調はそのせいだったのだと思えば納得がいく。

（だがあの場にユストゥスが来たのは、アレクシアが手引きをしたからに違いない。直前に俺と一緒に行くのを拒んでいたし、最初からそんなつもりはなかったんだろう）

あの炭焼き小屋で過ごした二週間、レオンは彼女に何度もキスをした。

最初こそ驚いて逃げ帰ってしまったアレクシアだったが、別れ際にする親愛のキスは強く拒まず、何度も重ねるうちにその瞳にこちらへの慕わしさをにじませるようになっていた。

だからこそレオンは彼女の身体にも触れ、何度も真摯に想いを伝えたが、どうやらそれは独り善がりな勘違いだったようだ。アレクシアは自分の居場所を兄に密告し、その事実はレオンの心を深く傷つけた。あの暴虐非道なユストゥスの妹なのだから、おそらくこちらを翻弄するのに微塵も躊躇いがなかったのだろう。清らかな見た目をしている分、余計に性質が悪く、すっかり騙されてしまった。

あれから三年の月日が経ち、連合から王配になるように要請されたとき、レオンは最初断った。だが結局受諾する羽目になり、再会したアレクシアに八つ当たりのように冷ややかな言葉を投げつけた。

(俺は間違っていない。三年前にあんなことがあったんだから、円満な夫婦になどなれるわけがないんだ。……それなのに)

彼女の涙を見て罪悪感を抱く自分が、ひどく腹立たしい。もっと冷徹に振る舞うべきだと思いながら、土壇場になるとつい自制してしまう。

お茶を一杯飲み終えたタイミングで、レオンは自分付きの侍従であるヘンケルに声をかけた。

「枢密院議会を傍聴したい。関係部署に確認を取ってもらえるか」

「枢密院議会、でございますか？」

三十代の彼は一瞬微妙な表情を浮かべたものの、すぐに「確認して参りますので、少々お待ちください」と答え、部屋を出ていく。

それを見送ったレオンは、ソファの背もたれに背を預け、小さく息をついた。思うにブロムベルク側は、自分が議会に参加するのを快く思っていない。いくら王配とはいえ、国の内情を他国の人間に漏らしたくないと考えているのだ。

しかもレオンの背後には連合がおり、内政のすべてが筒抜けになるのを回避したいはずだ。おそらく理由をつけて断ろうとするだろうが、王配が議会に出席することは法で認められた権利であり、レオンは一歩も引くつもりはなかった。

やがて戻ってきたヘンケルが、言いにくそうに告げた。

「内務大臣に確認しましたところ、『王配殿下におかれましては、まだブロムベルクに来て日が浅く、お忙しくてあらせられるでしょう。まずはこの国に関することを時間をかけて学んでいただき、枢密院議会に出席するのはそれからでよろしいのでは』とのことです」

予想どおりの答えに内心苦笑しつつ、レオンは淡々と答える。

「王配として学ぶべきことは専門の人間から講義を受けているし、枢密院議会に出席することと並行するのは充分に可能だ。行こう」

立ち上がったレオンは自室を出て、王宮内にある議場を目指す。

ヘンケルが慌ててあとをついてきて、「殿下、お待ちください」と制止しようとするものの、構わず廊下を進んだ。やがて木製の重厚な扉の前まで来たレオンは、入り口に立っていた衛兵に告げる。

「入れてくれ」

彼らは一瞬躊躇いながらも、扉を開けてくれる。

すると突然開いたドアに、中にいた貴族院の者たちが一斉に視線を向け、ざわつき始めた。内務大臣のグレーデンが慌ててこちらに来て、引き攣った顔で言う。

「王配殿下、突然いらっしゃるとは驚きました。お忙しくてあらせられるのですから、そちらのご用事のほうを優先なさってはいかがでしょう」

「枢密院議会に出席するのは、王配として大事な務めだ。私は自分の職務を全うするためにここに来た」

「…………」

「それとも、私がここに来てはいけない理由があるのか？」

レオンの問いかけに、グレーデンは「いえ、そのような」とモゴモゴと答える。席を用意するように言うと、アレクシアの右隣、宰相オスヴァルトの向かい側を指定された。

「レオンさま……」

席に着いていたアレクシアが、戸惑いの視線を向けてくる。

今日の彼女は薄桃色の小花柄のドレス姿で、衿や前身頃にふんだんにあしらわれたレースや袖口飾り（アンガジャント）が華やかだった。かつては一部を編み込んで垂らしていた髪は後ろでまとめられ、女王らしい威厳がある。

席に着いたレオンが「続けてくれ」と一堂を促すと、議長のフーゲンベルクが小さく咳（せき）払（ばら）いをする。六十代半ばの彼は枢密院議長を八年続けており、公平で温和な人物として知られていた。手元の書類に目を落としたフーゲンベルクは、ぎこちなく審議を始める。

「えー、では、西部の穀物生産に関する報告を続けていただこう。アルニム卿」

「はい」

目の前のやり取りを聞きながら、レオンはアレクシアにチラリと視線を向ける。

重厚な椅子に座る彼女は背すじを伸ばして座り、要点を手元の紙に書きつけながら貴族たちの報告を真剣に聞いているようだった。だが議長に「いかがですかな、女王陛下」と話を振られると、ドキリとした顔で答える。

「は、はい」

それ以上何も言えずに押し黙ると、議員たちの間から失笑のようなものが聞こえ、彼女が恥じ入ったように目を伏せた。

議場の中には笑いながらヒソヒソと話す者たちがあちこちにおり、それを見たレオンは眉をひそめる。

(アレクシアは、臣下たちに侮られているのか？　彼女が年若く、即位したばかりの女王だから)

先王のユストゥスがこれほど早く亡くなると想定されていなかったことから、おそらくアレクシアは王位継承権第一位でありながら帝王学を受けてこなかったのだろう。

閣僚や議会がしっかり機能していれば国として成り立つが、女王が蔑ろにされている状況は、一部の人間の専横や政治的腐敗を招く。

(こんな傀儡(かいらい)のような君主を戴くブロムベルクは、先が思いやられるな。だがユストゥスが生きていた頃のような過激な行動をしない分、以前よりましなのか)

軽蔑と憐憫(れんびん)が入り混じった眼差しでアレクシアを見つめたレオンは、視線を巡らせる。

宰相のオスヴァルトは冷静な人物で、いつも彼女の傍に控え、主に政治的なアドバイスをしていた。内務大臣のグレーデンは小太りの男で、抜け目のない眼差しからどこか小狡い印象を受ける。軍務大臣のマイヤーハイムは黒髪でいかつい顔つきをしていて、好戦的な性格が見て取れた。

(俺はまず閣僚、それに主な貴族たちと話す機会を作らなければならないな。パーティーがいいか、それとも茶会や晩餐会がいいか)

レオンの目的はブロムベルクの中枢に入り込み、近隣諸国に火種を撒き散らすような危険分子を炙り出すことだ。そのためには交友関係を広め、独自の人脈を構築した上で、相手の人間性を見極めなくてはならない。

一方でアレクシアとの間に子どもを作ることもおろそかにできず、気鬱が深まる。

(王配になるのを受け入れたんだから、腹を括らないと。とはいえ、またベッドで泣かれてはその気になれないかもしれない。……どうしたものか)

問題は山積みだが、ひとつひとつこなしていくしかないのだろう。

議場の大きな窓からは、午後の日差しが差し込んでいた。それを眩しく思いながら、レオンは再び目の前のやり取りに集中した。

第五章

女王の起床は午前六時で、侍女の呼びかけによって目を覚ます。

顔を洗ってから化粧をし、髪を結ったあとは、数人がかりで豪奢なドレスを着せられた。その後は王宮の敷地内にある礼拝堂に向かい、ミサに参加する。

椅子に座って司祭の祈りの言葉を聞きながら、アレクシアの気持ちは沈んでいた。理由は、朝起きたときにレオンがベッドにいなかったからだ。

隣で眠った形跡がまったくなく、それを見たアレクシアはひどくショックを受けた。もしかすると、一昨日の行為中に自分が涙を零したからだろうか。彼はそれでこちらに愛想を尽かし、同じベッドで眠ること自体をやめてしまったのだろうか。

そう考えながら侍女のエラに聞くと、彼女は「王配殿下は昨夜プロイス卿主催の晩餐会にお出掛けになり、お帰りが遅かったために他のお部屋で休まれたようです」と説明した。しかし本当のところはどうなのかと考え、胸の痛みを押し殺す。

（二度も最後までできなかったのだから、レオンさまはわたしにうんざりしているのかもしれない。……そもそもあの方は、わたしを愛するつもりがないのだし）

レオンが自分の夫となった理由は、連合の決定によるものだ。

兄の跡を継いで女王となったアレクシアが軍国主義を踏襲しないよう、五ヵ国が連合を組んで和平条約に調印させ、身近で監視するのが目的でレオンを王配に決めた。

彼は女王の夫としての責務を全うするべく、多忙な毎日を過ごしている。この国の成り立ちや歴史を学び、地理や領地の状況なども専門の教師から講義を受けているようだ。

昨日は枢密院議会に顔を出し、議場がどよめいた。王配が議会に出席するのは何らおかしくはないが、閣僚を始めとする貴族たちは隣国ヘルツェンバインの王子であるレオンを快く思っていない。

極力政治の中枢から遠ざけたいという思惑があるのか、突然現れた彼に内務大臣のグレーデンは苦虫を噛み潰したような顔をしていた。だが権利を振りかざされると拒否できず、渋々席を用意していた。

その後、レオンは討議に口を挟むことなく傍聴していたが、アレクシアはひどく居心地の悪い気持ちを味わった。議長に何を言われても「はい」としか答えられず、貴族たちから失笑されている自分を、彼は一体どう思っただろう。

（きっと不甲斐ないと思ったに違いないわ。女王のくせに、わたしは目の前で話し合っている内容をまったく理解できていないのだもの）

それは即位して三週間、アレクシアの中にじりじりと募る焦りだった。

これまでは連合との話し合いや婚儀などで忙しく、バタバタしていたが、三日ほど前から枢密院議会に出るようになって以降、自分の無知が身に染みている。

（わたしは徴税も領地も、軍事的なことも何ひとつ知らない。王女として漫然と生きてきただけなのに、ただ血筋だけで女王になってしまった）

そんな自分を閣僚や貴族たちが軽んじているのは、肌でわかっている。

彼らは国家を維持するため、王家の血を引くアレクシアを御輿として担ぎ上げただけなのだ。むしろユストゥスのように強権的ではない分、御しやすいと考えている節もある。

（このままではいけない。自分の意思で女王になったわけではないけれど、わたしには国と民を守る責任があるのだから）

何よりレオンに軽蔑されることが、アレクシアは耐えられない。

妻として愛されることはなくとも、女王としての自分を認めてほしい——そんな気持ちがアレクシアの中に芽生えていた。兄のユストゥスは彼の敵だったかもしれないが、自分は違う。大陸の平和を乱すつもりはなく、女王として国をきちんと統治することでレオンに自分の存在を認めてほしかった。

アレクシアは司祭の祈りの言葉を聞きつつ、今日の予定を思い浮かべる。

（このあとは評議会に赴き、政府高官と面談。午後は貴族とのお茶会があるけれど、その後は少し時間ができるから、書庫に行って勉強しよう）

今の自分に必要なのは、知識だ――とアレクシアは思う。

わからないことは司祭や専門家に聞き、教えを乞う。女王としてやらなければならないことをこなしつつ、空いた時間を勉強に当てようと考えた。

（誰からも期待されていない女王だけど、できることをひとつひとつ積み重ねていくしかないわ。……頑張ろう）

それからアレクシアは、寝る間を惜しんで勉強するようになった。

朝は早く起き、書庫で歴史書を読み漁る。日中は書類の決裁や貴族との交流に務め、空いた時間は国の治水や領土管理、軍事に関することを勉強し、わからないことは教師や司祭に聞くなどして必死に知識を詰め込んだ。

夜は寝室に行く時間が日増しに遅くなっていき、ベッドに入る頃にはレオンはこちらに背を向けて眠りについている。アレクシアは音を立てないように横になりながら、「これでいいのだ」と自分に言い聞かせた。

レオンが寝静まった時間に寝室に入るようにすれば、彼は自分に触れずに済む。意に染まぬ行為を強要するのは忍びなく、いっそこのまま仮面夫婦でもいいのではないかと考えていた。

（そうよ。ビンデバルト侯爵夫人は「一日も早く王配殿下と契りを交わされ、御子をお産みになっていただかなければ」と口うるさく言ってくるけど、レオンさまはわたしを憎んでいるのだもの。この方に、無理を強いたくない）

しかし眠る彼の後ろ姿を見ていると、切なさがこみ上げる。

三年ぶりに再会し、図らずも夫婦になってから、アレクシアの中ではかつての恋心が再燃していた。レオンの涼やかな容貌、騎士らしく鍛え上げられたしなやかな体型、落ち着いた物腰を目にするたび、慕わしさをおぼえる。

だがそれと同時に、自分に向けられる彼の冷ややかな目つきに毎回傷ついていた。今さら「三年前のことは誤解だったのだ」と言い訳するのも白々しく思え、アレクシアはあのことについてレオンと話をしていない。

むしろ拒絶されるのが怖く、話しかけられずにいるというのが正しい。

（夫婦とは互いに慈しみ合い、愛情を注ぐ特別な関係であるはず。でも、わたしたちは……）

目に涙が盛り上がり、ポロリとシーツに零れ落ちる。

この国でもっとも高い地位にありながら、アレクシアは孤独だった。身の回りの世話をする侍女のエラは極めて事務的な対応で、雑談などができる雰囲気ではなく、用事が済んだらさっさと部屋から退出してしまう。

閣僚や貴族たちは表向きは丁寧な態度を取りつつも裏ではお飾りの自分を侮り、夫であるレオンには顧みられていない。そんな己がひどく惨めに思え、胸がじくじくと痛みを訴えていた。

（このまま夫婦関係が改善しなければ、ビンデバルト侯爵夫人だけではなく他の者たちも苦言を呈してくるかもしれない。彼らが求めているのは王位を継ぐ子どもだけど、どうしたらいいのかしら）

例えばアレクシアが血縁関係から養子を取り、それを世継ぎにすると言えば、それは新たな火種となるだろう。

貴族同士の争いが勃発し、内乱に発展することもありえる。それを防ぐためには自分が子どもを産むしかないが、レオンとの関係がこのままならそれは望めない。

（秘密の愛人を作るべき？　子どもを作るため、口の堅い誰かに身を任せれば……）

しかしそれを想像しただけで、アレクシアは猛烈な拒否感をおぼえる。レオン以外の人間に身体に触れられるのは、耐えられない。たとえ愛されていなくても、自分の夫は彼だけだという気持ちが強くあった。

同じベッドに眠っていて、手を伸ばせば触れられる距離にいるのに、レオンがひどく遠い。だが今の自分にできることは、女王としてふさわしい人間になるべく努力することだけだ。

この国をきちんと治められる人間になれば、彼はきっと認めてくれる。夫婦としての愛情は諦めるしかないが、せめて人として対等に見られるようになれたら――アレクシアはそんな希望を抱いていた。

（もう寝ないと。明日も早く起きて、公務の前に書庫で勉強しなければならないのだし）

先ほどまで読んでいた書物の内容を頭の中でおさらいしているうち、瞼が重くなる。

ひんやりした敷布の上で身体を縮めながら、気がつけばアレクシアは深い眠りの中に吸い込まれていた。

＊　＊　＊

朝、背後で身じろぎする気配でレオンは眠りから浮上する。

こちらを起こさないようにという配慮なのか、そっとベッドを抜け出したアレクシアが音を立てずに寝室を出ていく気配がした。外からは鳥が囀る声がしており、時刻は午前五時を示している。

（……またこんな早くに出ていったのか。一体どこに行ってるんだ）

昨夜彼女が寝室に来たのは、日付が変わった頃だった。

最近のアレクシアはベッドに入る時間が日増しに遅くなり、朝もこちらが目覚める前に寝室を出ていっている。実際は彼女の身じろぎする気配で起きているが、自分が避けられているのを感じ、レオンは複雑な思いにかられた。

（やはり、二度も行為を途中でやめたことが影響しているのかな。もしかしてアレクシアは、俺に見切りをつけた……？）

初夜の晩は、義務として抱き合うことに虚しさをおぼえ、途中で行為をやめてしまった。

翌日は完遂するつもりで事に及んだものの、彼女が涙を零したため、それ以上続けることができなかった。あれからアレクシアは寝室に来る時刻を徐々に遅らせ、こちらと接しないようにしている。

それはある意味自業自得といえるが、レオンをひどく落ち着かない気持ちにさせていた。

(たぶん、俺のせいだろうな。再会したときからアレクシアに冷ややかな態度を取ってきたし、夫婦らしい会話はひとつもしていない。そんな男と義務とはいえ抱き合わなければならないのは、おそらく苦痛でしかないはずだ)

アレクシアは意思を持つ人間であるのだから、冷たい態度を取られれば当然傷つく。

現にレオンの前での彼女はいつもうつむきがちで、会話をすること自体を諦めている節があった。枢密院議会でのアレクシアは女王であるにもかかわらず、その若さと知識のなさから閣僚や貴族たちから軽んじられていて、自信なさげに気配を小さくしている。

王配としてこの王宮で暮らすようになって一週間、レオンは彼女の人となりが徐々にわかってきた。アレクシアは控えめな気質で、自分から人の中に入っていく性格ではない。王家の血筋ながら目下の者に対して居丈高に振る舞うこともなく、侍女や召し使いたちへの態度も丁寧だった。

女王として人を統率する圧倒的な力はないものの、思慮深く相手の言うことを理解しようとする姿勢がある。枢密院議会でも貴族たちのやり取りを聞きながら、手元の紙に気になった点を書きつけていて、あとで議事録を見せてくれるように書記官に頼んでいる場面を目撃したことがあった。

そうした姿勢には彼女の真面目で誠実な性格が表れており、レオンは困惑していた。三年前にアレクシアに騙されたことは心の傷になっていて、「あの悪辣なユストゥスの妹にふさわしい悪女だ」と考えていた。過去をなかったことにするのは難しく、彼女と結婚しても決して心は許すまいと決めていたのに、ここにきて認識が揺らいできている。

（俺はアレクシアを、誤解していたんだろうか。今の彼女は、俺の気持ちを弄んだ挙げ句に兄に居場所を密告するような人間には見えない。むしろ出会った頃に感じた、控えめで優しい女性という印象のままのように思える）

この国に来て初めて二人きりで会話したとき、三年前の出来事について断罪したレオンに対し、アレクシアは驚いた顔で「違います」と言っていた。

だが自分はそれを聞かず、一方的に話を打ち切ってしまった。翌日も「レオンさまに、お話がございます。わたくしは……」と何かを言いかけていたのに、それを無視した。

（もしかすると俺は、大きなミスを犯していたのかもしれない。もしこちらの認識が間違いで、真実が他にあるのだとしたら――）

自分の態度で、ずっと彼女を傷つけていたことになる。

三十分ほどしてベッドから起き上がったレオンは、乱れた髪を掻き上げながら小さなベルを鳴らした。すると侍従のヘンケルがやって来て、身支度を手伝い始める。

顔を洗い、髪を梳って結んでもらいながら、レオンは彼に問いかけた。

「アレクシアがどこに行ったか、知らないか」

「女王陛下は、最近朝早くから書庫にこもっておられます」

「書庫？」

それを聞いたレオンは、身支度を整えたあと、王宮の東側にある書庫へと向かう。

赤い絨毯が敷き詰められた廊下を歩くと、行き交う召し使いたちが脇によけ、頭を下げてきた。書庫の前まで来ると重厚な扉がわずかに開いており、レオンはそっと中を覗き込む。

するとマホガニーの机に向かい、複数の書物を広げて何やら書きつけているアレクシアの姿があった。その様子は真剣そのもので、読書ではなく勉強をしているのがわかる。

（このところ朝早くに起きていたのは、書庫で勉強していたからか。もしかすると、夜も……）

しばらくその様子を見つめていたレオンは、彼女に声をかけることなく扉の前から離れる。

その日の日中、かつて枢密院で長く書記官を務めたというトレンメルから歴史の講義を受けていたレオンは、話が一段落したところで彼に問いかけた。

「最近女王陛下に、何か歴史について聞かれたことはあるか」

「はい。ここ最近の陛下はご自身の知識を高めるべく、歴史や地理、治水や農業、徴税に関することや外交など、幅広く学ばれております。王配殿下と重なる部分もございますが、女王陛下は為政者としてのお立場からより多くのことを学ばれる必要があるとおおせられ、専門家や司祭を呼んで遅くまでお勉強なさっているようです」

彼女が寝室に来るのが遅くなっていたのは、自分を避けてのことではなかったのだろうか。あるいはそのために勉強に没頭しているとも考えられ、レオンは戸惑いを押し殺す。

午後になって枢密院議会に赴くと、議場は既にたくさんの貴族たちでにぎわっていた。中に入ってすぐヒューグラー侯爵が、にこやかに話しかけてくる。

「王配殿下、先日はプロイス卿主催の晩餐会にご出席されたと聞きました。ぜひ当家の夜会にもいらしていただけませんか」

プロイス伯爵がレオンに近づいたのを嗅ぎつけた途端、他の貴族たちは「自分たちも王配と誼（よしみ）を通じておくべきではないか」と考えたらしく、ここ数日はそうした誘いが引きも切らない。

おそらくヘルツェンバインの王子である自分に思うところがありつつも、利用できるなら利用したいという下心があるのだろう。そうした思惑は人脈を広げたいと考えているレオンには都合がよく、微笑んで答えた。

「ええ、ぜひ」

「でしたら、招待状を送らせていただきます」

席に着くと、隣には既にアレクシアとオスヴァルトがいた。二人は何やら小声で話し合っており、それを見たレオンは「宰相とは、親しく話すのだな」と考える。

(女王の右腕なのだから、当然か。そういえばエーレルト公爵とも親しげに話していたっけ)

聞けばエーレルト公爵とアレクシアは、従兄妹(いとこ)同士の関係だという。

彼女に親しい人間がいることに安堵しつつも、レオンの心がシクリと疼いた。オスヴァルトもラファエルも男性であり、アレクシアが彼らに笑顔を見せているかもしれないのを思うと、複雑な気持ちになる。

だが自分がそんなことを考えるのはおこがましいと感じ、前を向いた。やがて議会が始まったが、今日の議題は首都レームの治安についてと輸出収支で、関係閣僚や貴族が次々と壇上で報告をする。

議場では私語をする者たちの姿が目に付き、緊張感のなさを感じた。先王ユストゥスが突然崩御し、五ヵ国の宣戦布告を受けたときはピリピリしていたのだろうが、連合の支配を受け入れたことで一応の安寧がもたらされ、それがこうした気の緩みに繋がっている。

それまで発言していた者が壇上から降りたところで、議長のフーゲンベルクが言った。

「今日の審議はここまで。何か質問がある方は挙手を」

「――すみません。少しよろしいですか」

手を挙げて発言したのはアレクシアで、議場がわずかにどよめく。彼女は席から立たずに口を開いた。

「先ほどの輸出収支では、東部ランマース地方の小麦の収穫が前年より大幅に落ち込んだとありました。また、記録を見ると全体的な産業投資の割合が下がり、気候変動や害虫被害が起きたときに使える予算が削られているようですが、これはなぜですか」

するとは内務大臣のグレーデンが答える。

「先王ユストゥス陛下が、騎兵や歩兵、軍備の増強に力を入れたからです。その結果、農作物や木材などへの投資額を削ることになりました」

それに加え、昨年の大雨で農作物への影響があった他、洪水による甚大な被害が出たことが小麦の生産減に繋がったと説明すると、アレクシアが落ち着いた口調で言う。

「ランマース地方は四年前にもアーレンス川で大規模な洪水があり、護岸工事を行ったにもかかわらず去年また氾濫しています。これは治水事業が充分なものではなかったため、耕地や人家に被害が出たことに他なりません。石積みを作って流れを変えるなど、大規模な追加の工事が必要ではありませんか」

するとランマース地方を領地とするラングハイム伯爵が壇上に上がり、慇懃(いんぎん)な口調で意見を述べた。

「恐れながら女王陛下、治水事業は簡単にできるものではございません。費用も規模も、一領主の判断では解決できないほどに大きなものなのです。石積みを作るための資材を調達するにも、時間がかかりますし」

「ですが毎年河川が氾濫することになれば、民への影響は大きいでしょう。それこそが、もっとも憂慮すべき点ではありませんか」

「…………」

「資材に関しては、わたくしに提案があります。連合のバリエンダール共和国、かの国から資材を購入するのです」

思いがけない発言に、議場がどよめく。

バリエンダール共和国はブロムベルクの北東に位置する国で、山が多く石材の生産が盛んだ。アレクシアがオスヴァルトから受け取った地図を机に広げ、言葉を続けた。

「山から盆地に向かって流れ込んでいるアーレンス川の途中に石積みを作れば、流れの勢いを抑え、雨で増水したときの氾濫の危険性を少なくすることができます。我が国は連合の監視下に置かれることになりましたが、これを負として捉えるのではなく、国家の発展のために活用していくべきだと思うのです。連合と積極的に商談をすることは、あちらが抱く我が国への懸念を払拭する一助となります。そしてバリエンダール共和国との折衝は、王配であるレオンさまにお願いしようと考えています」

突然話を振られたレオンは、驚いて眉を上げる。アレクシアがこちらを真っすぐに見つめ、問いかけてきた。

「よろしいでしょうか。連合に属するヘルツェンバイン王国ご出身であるレオンさまこそが、バリエンダール共和国との外交窓口に最適だと思うのですが」

貴族たちの視線が一斉に注がれるのを感じつつ、レオンは頷いて答える。

「――善処しよう」

話し合いは具体的な治水事業の内容に及び、議論が活発になる。

それを聞きながら、レオンは内心舌を巻いていた。つい昨日まで自信なさげに座っていたアレクシアが、ここまで国政に踏み込むとは思わなかった。それが連日の勉強の成果なのは一目瞭然で、彼女への認識を改める。

（俺はアレクシアを、ただ流されて女王になっただけだと思っていた。だが俺が思う以上

に彼女は自身の立場を重く捉え、何が国のためになるのかを真剣に考えているのかもしれない）

枢密院会議が終わったあと、レオンは席を立って執務室に向かうアレクシアを呼び止める。すると彼女は足を止め、こちらを見つめて言った。

「お話は、執務室でよろしいでしょうか」

「ああ」

女王の執務室は重厚な机や磨き上げられた書棚などが並ぶ一方、花瓶に花が生けられていたりと、わずかに女性的な雰囲気が漂っていた。格子窓からは外の緑が見え、午後の日差しが入り込んでいる。執務机のところで振り向いた彼女が、丁寧に頭を下げてきた。

「先ほどは突然レオンさまにお願い事をし、申し訳ございませんでした。直前までオスヴァルトと話し合っていたため、事前に申し伝える時間がなかったのです。決してレオンさまを蔑ろにしたわけでは」

「ああ、わかっている。ブロムベルク王国が連合に逆らう意思がないのを示すため、バリエンダール共和国と商談を通じた建設的な関係を築くのには賛成だ。その窓口に俺がなれば、スムーズに話が進むと思う」

それを聞いたアレクシアが、ホッと気配を緩めてつぶやいた。

「そう言っていただけて、うれしいです。実は資材の調達は、ヘルツェンバイン王国にするという案も当初はございました。北部にあるヤーンという地方は、硬く質のよい石材が多く採れるそうですね。ですがバリエンダール共和国と我が国の商業的な繋がりは三年前に戦禍で途絶えたままであり、そちらとの関係改善のほうが急務だと思ったのです」

「調べたのか？　ヘルツェンバインのことを。確かにヤーンでは石材が出るが、規模が小さく、国外に知られるほどの知名度はないのに」

レオンが驚いて問いかけると、彼女が微笑んで答える。

「レオンさまと少しでも会話ができるよう、ヘルツェンバインの歴史や風土について勉強したのです。まだ浅いものですが」

思いがけない答えに、レオンは胸を衝かれる。

夫である自分に無視されている状況であるにもかかわらず、アレクシアはいつ話しかけられてもいいように会話の糸口を探していたらしい。それがひどくいじらしく思え、だが認めたくなくて、ぐっと拳を握りしめた。

「……このあと予定があるので、失礼する。バリエンダール共和国との折衝について、具体的な話をするときは呼んでくれ」

「はい。ありがとうございました」

第六章

レオンが執務室を出ていき、扉が閉まるのを見つめたアレクシアは、ホッと息を吐く。彼と話すことに、思いのほか緊張していた。

（レオンさまが、先ほどの件を怒っていなくてよかった。事前の根回しもせずに貴族たちの前で突然あんなふうに言ってしまったから、気を悪くしてもおかしくなかったもの）

枢密院議会で発言したのは、アレクシアにとってかなり勇気のいる出来事だった。

だが最近の議場の雰囲気にどこか緩みを感じており、その理由が女王として即位した自分が侮られているからだと感じたアレクシアは、早急に何とかしなければと考えていた。

自身が軽んじられている理由は、おそらく女性であることと内気な性格、そして政治に関する知識が欠如しているからだ。ならば議会で話し合っている内容を理解し、為政者として積極的に舵（かじ）を取らなければならない。

そう結論づけたアレクシアは、枢密院会議の議事録を精査し、わからないことを徹底的に教師や司祭に聞いた。そして疑問に思った点は過去の記録や書物で調べ、宰相であるオスヴァルトと何度も話し合う機会を作った。

彼はアレクシアの変貌に驚いた顔をしつつも、決して馬鹿にすることなく丁寧に応じてくれた。今日は満を持して枢密院議会で発言したが、あれから議場には少し緊張感が生まれ、活発な議論ができたと思う。

（でも、まだ足りない。政は治水事業だけではなく、多岐に亘るのだもの。もっと勉強しないと）

一旦私室に戻ったアレクシアは、少し休憩する。

侍女のエラがお茶を運んできて、アレクシアはそれを飲みながら書記官が持ってきた議事録を熟読していた。するとしばらくして扉がノックされ、侍従が「エーレルト公爵がお目通りを願っております」と告げた。

アレクシアが通すように答えたところ、しばらくしてラファエルが室内に入ってくる。

「こんにちは、アレクシア。ご機嫌いかがかな」

「こんにちは、ラファエル。今は少し休憩していたところよ」

「君が枢密院議会で発言したのを見て、驚いたよ。治水事業で鋭い指摘をしてラングハイム伯爵をやり込めるなんて、このあいだの勉強会の成果が出たね」

笑いながら言われたアレクシアは、慌てて首を振る。

「やり込めただなんて、そんなことはしていないわ。でもラファエルには、何度か勉強につきあってもらって感謝しているの。本当にありがとう」

アレクシアが国政に関する知識を深めるに当たっては、目の前の彼が協力してくれたことが大きい。

たまたま機嫌伺いに来たラファエルと一緒にお茶を飲んだとき、アレクシアが「政治に真剣に取り組もうと思う」と語ると、彼は屋敷の書庫にある専門書を持参し、勉強につきあってくれた。するとそれを聞いたラファエルが微笑み、事も無げに言う。

「礼には及ばない。この国にいる者はすべて君の臣下で、僕も例外ではないんだから、何でも命じていいんだ」

「あなたは臣下である前に、わたしの血の繋がった従兄よ。何かお願いすることはあっても、命令することはきっとないわ」

「そう?」

「それよりわたし、うれしくて。レオンさまに改めてお願いしたら、バリエンダール共和国との商談の窓口になるのを了承してくださったの」

アレクシアがうれしさを隠せない顔でそう言うと、彼が何ともいえない表情でつぶやく。

「そんなことで喜ぶなんて、君は控えめにも程がある。外交に関わるのは、王配殿下の公務だろう」

「あの方が、快諾してくださったのがうれしいのよ」

「大袈裟すぎるよ。それとも、やはり噂は本当なのかな。君と王配殿下の仲が早くも冷えきってるって」

アレクシアはドキリとし、視線を泳がせる。彼が言葉を続けた。

「君らは二人で夜会にも出ないし、そんな些細なことで喜ぶなんて不自然だ。何よりここ最近のアレクシアは、夜遅くまで勉強してるだろう。どちらかというと、二人きりになるのを避けているように見える」

「…………」

「同じように考えている貴族は多いらしくて、社交界では既に噂になっているよ。君は知ってる？　王配殿下が招待された夜会で、若い令嬢たちが彼に群がっていたのを」

「えっ」

「若くて容姿端麗な王配殿下の、愛人になりたいってことなんだろう。騎士なだけあって、彼は凛々しくて恰好いいからね。いずれ他の貴族と結婚するにせよ、王配殿下に気に入られれば夫を要職に就けてもらえるかもという下心があるんだ。娘を使って殿下に取り入りたい貴族たちは、むしろ君と彼が不仲なのは都合がいいと考えているのかもね」

まさかそんな思惑が渦巻いているとは思わず、アレクシアは言葉を失くす。レオンが令嬢たちに囲まれているのを想像するだけで、心がざわめいていた。

(でもレオンさまは、そうした相手を見つけたほうがいいのかもしれない。だってわたしたちは、仮面夫婦なのだから)

そう自分を納得させようとする一方、身を切られるような切なさをおぼえ、アレクシアは唇を引き結ぶ。本当は、他の女性には指一本触れてほしくない。自分だけを見てほしいという願いが未練がましく燻って(くすぶって)いて、胸が苦しくなっていた。

そんな様子を見たラファエルが、気遣わしげな表情で言った。

「ごめん、こんなことを聞かせて。でも女王の王配になったにもかかわらず、彼が妻を放置してるなら由々しきことだ。外交問題になってもおかしくない」

「そんな……」

「だってそうだろう？　アレクシアはブロムベルク家の人間として、王位を継ぐ子どもを産むという使命がある。なのに夫と不仲なら、それが望めないんだから」

彼の言葉は正論で、アレクシアはぐうの音も出ない。

だがレオンを責める言葉を口にする気になれず、黙り込んだ。するとラファエルが突然テーブル越しに手を握ってきて、驚いて顔を上げる。彼はアレクシアを見つめ、微笑んで言った。

「僕はどんなときだって、アレクシアの味方だ。三年前に王宮で暮らし始めてから、ずっと話し相手になってきた。ユストゥスが亡くなって女王として即位するときも、一貫して応援してきただろう?」

「え、ええ」

「だから、僕にしたらどうかな。君のことを見ない王配殿下を想っているのは、はっきり言って時間の無駄だよ。アレクシアが求められているのは跡継ぎを産むことなんだから、僕を秘密の恋人にして子どもを作ればいい。どう?」

＊　＊　＊

王配は為政者の伴侶として政の礎を学び、ときにその意思決定を助ける。

また、近隣諸国の詳細な情勢を把握し、外交面を補佐することも求められていた。それを考えると、今回バリエンダール共和国との商談の窓口に指名されたのは理に適っているといえる。

幸いヘルツェンバイン王国とバリエンダール共和国は友好関係にあり、レオンはかの国の王族と交流したことがあった。午前の時間帯、改めてランマース地方で四年前に行われた治水事業に関する資料を読みながら、レオンはアレクシアについて考える。

（昨夜はヒューグラー侯爵家の夜会で引き留められて、王宮に戻るのが遅くなった。アレクシアと話をしようと考えていたのに、いざそのときになると上手くいかないな）

彼女が政治や国について真剣に勉強し、枢密院議会で発言したことは、レオンにとって新鮮な驚きだった。

昨日聞いたところによれば、アレクシアは朝は早起きして書庫に向かい、夜も遅くまで教師や司祭に質問しながら国政についてさまざまなことを学んでいるという。そうした前向きな姿勢は、レオンの目に眩しく映った。彼女の真面目さや勤勉さを目の当たりにするたび、三年前の出来事が本当に自分を嵌めるためのものだったのかを確かめたくてたまらなくなっている。

（怪我をした俺の手当てをし、毎晩炭焼き小屋に通ってきたアレクシアは、とても献身的だった。物腰が柔らかで笑顔が優しく、俺はそんな彼女にどうしようもなく惹かれた）

春の陽だまりのような穏やかさのあるアレクシアを、レオンは国に連れて帰りたいと思った。

たとえ平民でも、構わない。身分を超えてでも結婚したいという思いは、裏切られたときに憎しみの感情に変わった。だがもしそれが誤解だったとしたら、自分はずっと彼女を傷つけてきたことになる。

そう思うと落ち着かず、早く真実を確かめたい気持ちと躊躇する気持ちが入り混じり、重いため息が漏れた。

（アレクシアは、きっと今夜も遅くまで勉強するに違いない。だったら早めに寝室に来てもらえるよう、こちらから「話がしたい」と申し入れるべきだな）

何より寝る時間を削って根を詰める日々が続けば、体調を崩してしまう。

そのとき侍従のヘンケルがワゴンを押しながら部屋に入ってきて、お茶の用意を始めた。目の前に湯気の立つカップを置かれ、「ありがとう」と言って淹れられたお茶を一口飲んだレオンは、ふと添えられた焼き菓子を見て目を瞠る。

「これはゲビュルツクーヘンじゃないか。ブロムベルクでも、この菓子を食べるのか？」

それは数種類のスパイスを利かせた生地にドライフルーツと木の実がふんだんに入ったパウンドケーキで、ヘルツェンバイン王国でよく食べられる郷土菓子だ。

口に入れるとスパイスの豊潤な香りを感じ、何ともいえず美味しい。するとヘンケルが、ポットに保温用のカバーを被せながら答えた。

「いえ。ブロムベルクにも似たお菓子はありますが、ここまでスパイスは入りません。実はこのケーキは、朝から厨房にお越しになった女王陛下が自ら作られたものだそうです」

「えっ」

「本当は伏せておくように言われたのですが、王配殿下に申し上げたほうがいいと判断し、お伝えさせていただきました。差し出がましい真似をしてしまい、申し訳ありません」

　彼はそれだけ言って一礼し、部屋を出ていく。

　一人残されたレオンは、改めて皿に載せられた焼き菓子を見つめた。

（アレクシアが、俺のためにこれを？　……わざわざ調べて作ってくれたのか）

　おそらく彼女は、隣国からブロムベルクに来たレオンを気遣ってくれたに違いない。

「ヘルツェンバイン王国の歴史や風土を学んでいる」と言っていたため、この菓子のこともその過程で知ったのだろう。女王なのだから、レシピどおりに作るように召し使いに申しつければいいのに、アレクシアは自ら厨房に立った。その気持ちを想像し、レオンはかすかに顔を歪める。

（もう降参だ。――俺はアレクシアを憎めない）

　本当は再会してからずっと、あの花のような美貌に心乱されてならなかった。

　清楚な雰囲気はそのままに、三年前よりも格段に美しくなった姿を見た瞬間、レオンの心は彼女を好きだった頃に引き戻されていた。だが愛情と同じくらいに裏切られた痛みが鮮やかによみがえり、アレクシアに冷たい態度を取ることでしか己の矜持を保てなかった。

(でも……)

彼女の言動、自分を見つめる眼差しからは、かつてとまったく変わっていない部分が伝わってくる。

ならばあのときの裏切りには、何か事情があるのではないだろうか。そんな思いがこみ上げ、居ても立ってもいられなくなったレオンは、立ち上がって部屋から出ると女王の執務室へと向かった。

入り口を守る衛兵に「女王陛下はご在室か」と問いかけると、一人が「はい」と頷く。ドアをノックしたところ男の声が応え、オスヴァルトが姿を現した。彼はレオンの姿を見て、意外そうに眉を上げる。

「……王配殿下」

執務机にいたアレクシアが、「レオンさま?」と戸惑った顔でつぶやく。するとオスヴァルトが気を利かせて言った。

「私の用件は終わりましたので、これで失礼いたします」

彼が一礼して去っていき、レオンは入れ替わりに執務室に入った。アレクシアが席から立ち上がり、小さく問いかけてくる。

「レオンさま、一体どのようなご用が……」

「先ほどヘンケルが、お茶と一緒に菓子を提供してくれた。君が作ったのだと聞いたが」

それを聞いた彼女は狼狽し、ひどく動揺した様子で答える。

「も、申し訳ございません。わたくしが作ったのだと聞いて、ご不快になられましたか？　それとも味がお好みではなかったとか……」

「いや、とても美味だった。ヘルツェンバインでよく食べていたものだが、この国ではあそこまでスパイスが入ったものはないと聞く。もしかして、わざわざ調べて作ってくれたのか」

アレクシアがじわりと頬を染め、恥じ入った顔で謝罪してきた。

「差し出がましい真似をしてしまい、申し訳ございません。レオンさまは王配として日々お忙しくしていらっしゃるので、ヘルツェンバインの郷土菓子で少しでも疲れを癒やせたらと考えたのです。わたくしが作ったものだと聞けば煩わしくお感じになるかと思い、厨房の者たちには黙っていてくれるように頼んでおりました」

目を伏せたままこちらを見ない彼女を前に、レオンは何ともいえない気持ちになる。

アレクシアをここまで萎縮させてしまった原因は、他ならぬ自分だ。取り付く島もないほど冷ややかな対応をされているにもかかわらず、彼女は控えめな気遣いを見せてくれる。それがひどくいじらしく、レオンはアレクシアを見つめて口を開いた。

「君がそこまで俺を気遣ってくれるとは思わなかった。女王として公務に励み、日夜勉強に時間を費やしていて、そんなことをする暇などないだろうに」

「なぜそれを……」

「君が早朝に、書庫で勉強しているのを見た。それに俺の教師が教えてくれたんだ、アレクシアがどれだけ真剣に国政について学んでいるのかを。枢密院議会での発言からも、そうした姿勢が感じられた」

レオンが知っているとは思わなかったのか、彼女がばつの悪そうな顔になる。

アレクシアの背後にある大きな窓からは旺盛に茂る緑が見え、陽光を反射して美しかった。外の廊下で行き交う召し使いたちの気配を感じながら、レオンは彼女に向かって告げる。

「君と話がしたい。忙しいだろうが、夜は早めに寝室に来てくれないか」

「……わかりました」

その後、レオンは王室が関わっている慈善事業のリストに目を通し、司祭から説明を受けた。そしてベルムバッハ侯爵夫人のサロンを訪れ、貴族たちと交流する。

夜は夜会から早めに戻り、入浴を済ませて午後十時に寝室に入った。アレクシアはまだおらず、一人掛けの椅子に座って本を読んでいると、三十分ほどして彼女が現れる。

「お待たせして申し訳ありません」

「いや」

白いレースの夜着の肩に薄手のショールを掛けているアレクシアは、金色の髪を下ろしていた。所在無げな顔で立ち尽くす彼女に、レオンは自分の向かいの椅子を勧める。

「座ってくれ」

小さなテーブルを挟んで向かい合い、互いの間に沈黙が満ちる。

アレクシアは「何を言われるのだろう」と緊張しているのか、肩に力が入っているようだった。それを見つめ、レオンは口を開く。

「君とこうして話すのは、初めてだな。俺たちは結婚して夫婦になったはずなのに、これまでまったく会話というものをしてこなかった」

「……はい」

「それは俺のせいだ。アレクシアの配偶者になるように連合から要請があったとき、最初は断った。――三年前の遺恨があったから」

当時のことを思い出しながら、レオンは言葉を続けた。

「連合と父の説得に根負けした俺は、王配になるのを受け入れた。一度やると決めたのだから、とことん役目に徹しよう。夫として君を抱き、ブロムベルクの中枢に入り込んで政治的な動きを監視して、それを連合に報告する――そう腹を括り、この国に来た」

だが初夜の際、行為の最中にさまざまなことを考えて心が乱れ、途中でやめてしまった。

翌日は義務として完遂しようと決めていたのに、アレクシアの涙を見た途端、それ以上続けることができなくなった。するとそれを聞いた彼女が、「……あの」と小さく言う。

「あのときは、本当に申し訳ありませんでした。誤解しないでいただきたいのですが、レオンさまに触れられるのが嫌だったわけではないんです。ただ……レオンさまがひどく思い詰めた目をしていらして、『もしかすると、こうしてわたしに触れるのはこの方にとって苦痛なのかもしれない』と考えてしまい、自分が惨めになりました。夫婦となったはずなのに、わたくしはあなたに愛されていない。それどころか憎まれていて、男女の行為をすることすら苦痛なのだと思うと、いたたまれなくなってしまって」

アレクシアの緑色の瞳からポロリと涙が零れ落ち、それを見たレオンは痛々しさをおぼえる。

行為を途中でやめてしまったことが、こんなにも彼女を傷つけていたとは思わなかった。指先で涙を拭う様子を見つめつつ、レオンは言葉を選びながら再び口を開いた。

「アレクシアに触れるのが、苦痛であるとは思っていない。むしろ逆だ。以前より美しくなった君が眩しく、義務に徹しようと思うのに気がつけば夢中になっている。そんな自分が忌々しかった」

「…………」

「三年前、俺は怪我の手当てをして匿ってくれたアレクシアに恋をした。あのときは君が王女だとは知らず、平民だと思っていたが、たとえ身分が違っても国に連れ帰って妻にしたいと思っていた。顔を合わせたのは二週間だけだったが、本気の恋だった」

「……レオンさま」

だが炭焼き小屋にユストゥスが現れ、レオンは驚いた。

アレクシアがブロムベルクの王女だったというのも予想外だったが、あのとき彼はレオンを見て「この男は、ヘルツェンバイン王国の第三王子だ」と彼女に説明し、「お前がここに留めておいてくれたんだな。でかした、アレクシア」と言った。

「それを聞いて、俺は君が炭焼き小屋にヘルツェンバインの騎士を匿っていることを兄に密告したのだと思った。俺の気持ちを受け入れるつもりは毛頭なく、むしろ敵国の男であるのを知って疎ましく思っていたのだと」

「違います。あのときわたくしは、兄の部下に後をつけられているのに気づいていなかったのです。国境付近での戦闘でレオンさまを見失った兄は、身体を休めるために前線から程近いカペル離宮へと向かっていたのだと申しておりました」

彼らより先行していた斥候は宮から抜け出すアレクシアの姿を偶然見かけ、後をつけた。森を進んだ彼女は炭焼き小屋に入り、斥候はそこにいるのがヘルツェンバイン軍を指揮していた第三王子レオンだと気づいて、ユストゥスに報告したのだという。

「あのとき兄がわたくしに『でかした、アレクシア』と言ったのは、言葉の綾です。レオンさまが炭焼き小屋から脱出したあと、わたくしは兄からきつい尋問を受けました。そしてレオンさまがヘルツェンバイン王国の王子であると知らずに匿っていたことを理解してもらえたものの、『市井の娘のように男にうつつを抜かすなど、王女である自覚が足りない』と言われ、首都レームに呼び寄せられて王宮に住むことになったのです」

「……そうだったのか」

彼女の説明は理路整然としており、レオンは素直に納得する。

ならばアレクシアは、自分を裏切っていなかったのだ。その事実がうれしく、同時にこれまで彼女を傷つけてきたことが身に染みて、レオンはアレクシアに向き直ると真摯に謝罪した。

「だったら俺は、ずっと君を誤解してきたんだな。一方的に裏切られたのだと思い込み、再会したときにひどい言葉を投げつけた。それだけじゃなく、初夜を途中でやめてしまったことで、さらに傷つけた。謝っても謝りきれない——本当に申し訳なかった」

「お、お顔を上げてください」

深く首を垂れたレオンを、彼女が慌てて押し留めて言った。

「わかってくだされればいいのです。いつか真実を知っていただきたいと思いつつも、いざレオンさまと向き合うのを考えると怖くなり、ズルズルと先延ばしにしたわたくしにも非があります。ですから」

「君に非は、欠片もない。突然亡くなった兄の跡を継いで女王になるのも不安だったろうに、その上連合から押しつけられた夫が身に覚えのないことで恨みを募らせている男だったんだからな。さぞ胃の痛い日々だっただろう」

アレクシアは今にも泣き出しそうな顔をしていて、それを見たレオンは胸を締めつけられる。

改めて彼女を観察すると、寝化粧を施された顔は清楚で美しかった。明るい金色の髪は波打ちながら細い肩に掛かり、長い睫毛が白い頬に影を落としている。

レオンはそれをいとおしく思いながら、問いかけた。

「君に償うために、俺はどんなことでもする。何なりと言ってくれ」

「そんな。今謝ってくださっただけで、充分です」

「それでは俺の気が済まない」

するとアレクシアはしばし逡巡（しゅんじゅん）し、小さな声で「……では」とつぶやく。

「これから本当の夫婦になれるように、努力してくださいますか？　たとえ連合に決められた結婚でも、建前ではなく信頼し合える関係になりたいのです」

「もちろんだ。アレクシアが許してくれるなら、俺は誠実な夫になると誓う」

「他のご令嬢に言い寄られても、ですか？」

思いがけない言葉に、レオンは不思議に思いながら問いかける。

「なぜ他の令嬢が出てくるんだ？」

「レオンさまが夜会に出られたとき、たくさんの令嬢に囲まれていたと聞きました。王配殿下の愛人になりたいと考える者は多いのだと」

確かに夜会では令嬢たちにあからさまな秋波を送られ、辟易（へきえき）した。だが相手のそういう思惑がわからないほど野暮ではなく、レオンは苦笑して言う。

「これでも王子として育ったから、そういう輩（やから）を上手く受け流すのは得意だ。君が心配することは何もない」

「そ、そうですか」

恥じ入ったようにうつむくのを見つめ、レオンの胸が疼く。

彼女が他の令嬢に嫉妬しているのかもしれないと思うと、面映ゆさをおぼえた。それと同時に触れたい欲求が湧き起こり、「たった今謝ったばかりでこんなことを聞くのは、おこがましいだろうか」と考えつつ、再び口を開く。

「君は先ほど『本当の夫婦になれるように』と言ったが、それは初夜の続きをしてもいいということか?」

「えっ」

アレクシアの顔がみるみる真っ赤になり、落ち着きなく視線をさまよわせる。やがて彼女は目を伏せ、蚊の鳴くような小さな声で答えた。

「はい。あの……レオンさまさえ、よろしければ」

アレクシアの返答を聞いたレオンの心に、歓喜の感情がこみ上げた。

かなりの遠回りをしたものの、ついに彼女をこの腕に抱ける。三年前は敵国同士であり、結婚したあとも気持ちがすれ違ったままだったが、今の自分たちはようやくその障害を取り除くことができたのだ。

そう思うとひどく感慨深い気持ちになりながら、レオンは声に熱を込めて言った。

「俺は君に触れたい。夫として抱いて、すべて自分のものにしたい」

立ち上がったレオンはアレクシアの手を取り、天蓋付きのベッドへと誘う。

その途中で彼女の肩からショールが滑り落ちたが、構わなかった。ベッドの脇まで来たところで我慢できずに抱きすくめると、アレクシアが息をのむ。

「ぁ……っ」

彼女の身体は華奢で、レオンの腕の中にすっぽり収まった。柔らかな金の髪はわずかに湿っていて、全身から花のような香りがする。

抱きしめる腕の力を緩めたレオンは、アレクシアの唇を塞ぐ。表面を押しつけ、合わせからそっと口腔に押し入ると、彼女の舌がビクッと震えた。それをなだめるように舌同士をゆるゆると絡ませ、吐息を交ぜる。

「……っ……は……っ」

アレクシアに息継ぎをする暇(いとま)を与えつつ、少しずつキスを深くしていく。

ときおり喉奥から漏らす小さな声がいとおしく、何度も角度を変えて口づけてようやく唇を離した。

レオンはその背中を支えつつ、ベッドにゆっくりと押し倒す。そしてアレクシアの髪のひと房を手に取り、口元に持っていきながらささやいた。

「君の嫌がることはしたくない。もし途中で耐えられないと思ったら、遠慮なく言ってくれ」

「は、はい」

夜着の肩の部分をずらすと、胸元が一気にあらわになる。彼女の肌は白く、胸の形もきれいで、清楚な色の頂が欲情を誘った。

手のひらに包み込んだふくらみは弾力があり、弾むような感触を愉しみつつゆっくり揉みしだく。するとアレクシアが息を乱し始め、淫靡な雰囲気がじわじわと高まっていった。

身を屈めたレオンは、つんと上を向いた先端を口に含んだ。

「ん……っ」

敏感なそこはすぐに芯を持って尖り、吸いつく動きに彼女が身体を震わせる。

乳暈を舌先でなぞったり、じっくりと押し潰したりしながら、もう片方の先端を指で弄(いじ)った。枕元のランプの柔らかな光の中、唾液で濡れ光る様はひどく淫靡で、レオンは愛撫を続けながらアレクシアに問いかける。

「これは平気か？」

「……っ、はい……」

「君の身体は、きれいだな。肌はまるで絹の手触りだし、色が白くてすぐに跡がつく。ほら」

胸の谷間を強く吸った途端、肌に赤い跡がつき、彼女が「あっ」と小さく声を漏らす。

胸や腹部に次々と所有の証を刻んでいくと、肌をついばむ動きにアレクシアが息を乱した。

レースの夜着の裾をたくし上げ、すべらかな感触の太ももを撫でたレオンは、彼女の脚の間に触れる。するとそこはわずかに潤んでおり、指でなぞるとぬるりとした。

「ぁ、そこは……っ」

「このあいだ、ここに指を挿れたな。今日は最後までするから、痛みがないようにうんと慣らさないと」

そう言って上体を起こしたレオンは、アレクシアの脚を大きく開かせる。

そして身を屈め、秘裂にゆっくりと舌を這(は)わせた。彼女がびっくりしたように腰を跳ねさせ、慌ててこちらの髪に触れてくる。

「お、おやめください。そのようなこと……ぁっ！」

花芽を舌で押し潰された途端、アレクシアの声音が変わる。

敏感なそこはすぐに硬くなり、ピンと尖って存在を主張するようになった。舌先で形をなぞって繰り返し嬲(なぶ)ると、彼女が感じ入った声を漏らす。

「はぁっ……ん……っ……ぁ……っ」

次第に甘さを増す喘ぎはアレクシアが感じていることを如実に表していて、レオンの興奮を煽(あお)った。本当は今すぐ彼女の中に押し入りたい気持ちでいっぱいだったが、強く自制する。

(初めて男を受け入れるときは苦痛があるというから、できるかぎり和らげてあげたい。俺の快楽は二の次だ)

ひとしきり快楽の芽を嬲って啼(な)かせたあと、花弁をじっくりと舌でなぞる。蜜口からはとろみのある愛液がにじみ出ていて、それをくまなく舐め取った。

蜜口をくすぐると、中がきゅうっと収縮するのわかる。白い太ももが震え、アレクシアがこちらの頭に触れて言った。

「……っ……レオンさま、それ……っ……」

「舌なら痛くないだろう。ああ、どんどん溢れてくるな」

「あっ、あっ」

浅いところを舐める動きに、彼女が啜り泣きのような声を漏らす。

色めいた喘ぎはレオンの官能を煽り、身体がじんわり汗ばんでいた。口元を拭いながら身体を起こし、シャツを脱ぎ捨てる。こちらの身体を目の当たりにしたアレクシアがかあっと顔を赤らめたものの、ふと左の上腕を見てつぶやいた。

「レオンさま、その傷跡は……」

「ああ、三年前の傷だ。跡が残ってしまった」

　騎士として戦場に出ていたため、身体には細かい傷跡がたくさんある。レオンは左腕に触れて微笑んだ。

「アレクシアが手当てしてくれたから、俺は死なずに済んだ。まだあのときの礼を言えてなかったな、本当にありがとう」

「わたくしは……人として、当然のことをしただけです。礼を言っていただくには及びません」

「そうかな。生き延びたからこそ、こうしてまた君と会えた。その上妻として抱けるんだから、こんなに幸せなことはない」

　彼女の手を取ったレオンは、それを自分の左胸の心臓の上に押し当てる。

　じんわりと頬を染める様子がいとおしく、身を屈めて唇を塞いだ。そして口腔に深く押し入りつつ、蜜口から指を挿入する。

「んぅっ……」

　アレクシアが喉奥から呻き声を漏らしたものの、ゆっくりと根元まで埋めていく。

中はみっちりと狭く、熱い柔襞が蠢きながら指に絡みついてきた。指を行き来させると内壁が断続的に締めつけ、愛液の分泌が多くなる。

「うっ……ん、……は……っ」

口腔に舌をねじ込まれながら彼女が喘ぎ、見ると顔が上気して目にうっすら涙がにじんでいる。その様子は普段の清廉な雰囲気とは真逆であるものの、淫らで可愛らしく、レオンの中の征服欲を煽った。

中に挿れる指を増やして抽送すると粘度のある水音が立ち、溢れた蜜が敷布を濡らしていく。やがて奥をぐっと押し上げた瞬間、アレクシアが背をしならせて達した。

「んぁ……っ！」

隘路がきつく窄まり、奥から熱い愛液がどっと溢れ出して手のひらを濡らす。

ぐったりとした彼女の体内から指を引き抜いたレオンは、それを舐めた。そして下衣をくつろげ、いきり立った屹立を取り出してアレクシアの脚の間にあてがう。

剛直を花弁にゆっくり擦りつけると、彼女が身体をこわばらせた。昂ぶりの硬さと質量に怯えているらしいアレクシアだが、逃げるそぶりはない。

レオンは切っ先を蜜口にあてがい、腰を押しつけた。

「んん……っ」

亀頭がぬかるみに埋まり、押し返してくる抵抗を感じながらじわじわと屹立を埋める。中は狭く、内壁が痛いほど締めつけてきて、思わず顔を歪めた。何度か抜き差しを繰り返し、時間をかけて根元まで埋めたレオンは、充足の息をつく。

彼女が浅い呼吸をしながらこちらを見つめてきて、その頬に触れて問いかけた。

「全部入った。苦しいか？」

「……っ、はい」

アレクシアは「でも」と続け、頬に触れたレオンの手に自身のそれを重ねて言った。

「苦しくても……いいのです。こうしてレオンさまと繋がれたのですから、わたくしにとっては幸せな痛みです」

「――……」

彼女の瞳にはこちらに対する恋情が強くにじみ、それを見たレオンは胸を衝かれる。

三年前の出来事を誤解し、結婚後も冷淡な態度を取り続けた自分を、アレクシアはまったく責めなかった。それどころか「たとえ連合に決められた結婚でも、建前ではなく信頼し合える関係になりたい」と言ってくれたが、その根底には自分に対する愛情があったということだろうか。

レオンは彼女を見つめ、信じられない気持ちで問いかけた。

「もしかして君は、三年前から俺を想ってくれていたのか？　あのときは国に連れて帰りたいという俺に、『一緒には行けない』と言っていたが」

「はい。わたくしはレオンさまを……ずっとお慕いしています」

剛直を受け入れた状態が苦しいのか、アレクシアが少し上擦った声で告げる。

「あのときは……ブロムベルクの王女という立場から、断らざるを得ませんでした。レオンさまがヘルツェンバイン王国の王子であることは存じ上げませんでしたけれど、王女という身分で一介の騎士に嫁ぐというのは到底許されることではなくて……。ですから」

自分たちが相思相愛だったという事実に、レオンの胸が歓喜に震える。

それと同時に、自分を想ってくれていたアレクシアに冷たく接してきた罪悪感がこみ上げ、かすかに顔を歪めてつぶやいた。

「アレクシアが俺を想ってくれて、うれしい。だが俺はそんな君に、冷淡な態度を取ってきた。アレクシアは最初に話をしようとしていたのに、まったく聞く耳を持たず……。許してほしい」

「もういいのです。わたくしたちは、今こうして気持ちが通じ合ったのですから」

彼女が微笑み、それを見たレオンの心が形容しがたい思いでいっぱいになる。

優しくしたい気持ちと、すべて奪い尽くしたい気持ちがない交ぜになるのを感じながら、アレクシアに向かってささやいた。

「――すまない、動いていいか」

「えっ」

「君がいとおしくて、我慢できない」

腰を動かして軽く揺すり上げた途端、彼女が「んっ」と息を詰める。

乱暴にならないように気をつけつつ、レオンは徐々に動きを大きくしていった。すると中が少しずつ昂ぶりに馴染み、抽送が楽になる。狭い内部にいきり立った自身を埋めるのは心地よく、隙間なく密着する襞がわななないて得も言われぬ快感をおぼえた。

「あっ……はぁっ……ぁ……っ」

律動のたびに声を上げるアレクシアは、突き入れられる剛直を受け止めるだけで精一杯のようだ。

肌がじんわりと汗ばみ、金色の髪も乱れていたものの、その姿は煽情的で美しい。身を屈めたレオンは彼女の頭を抱え込み、その額にキスをする。そして想いを込めてささやいた。

「君が好きだ。慎ましい性格や真面目なところ、責任感の強さも、すべてに心惹かれている」

「……っ、レオンさま……」

アレクシアの目がみるみる潤み、涙がひとしずく零れ落ちる。

「わたくしも……お慕いしています。初めて森で会ったときから、精悍なお姿や品のある物腰、優しい笑顔に惹かれて……。こんなふうに想うのは、レオンさまだけです」

彼女の目元に唇を押し当てて涙を吸い取ると、間近で視線が絡み合う。

唇にキスをした瞬間、言葉で言い尽くせないほどの気持ちがこみ上げ、胸がいっぱいになった。少しずつキスが深くなり、舌をゆるゆると舐め合う。そうしているあいだにも屹立は隘路を行き来していて、ビクビクと震える内壁が甘い愉悦を伝えてきていた。

唇を離したレオンは、吐息が触れる距離でささやいた。

「君の中は、心地いいな。すぐに達してしまいそうだ」

ぐっと腰を強く押しつけた瞬間、アレクシアが「あっ」と声を漏らす。

それに苦痛の色がないのを感じ取ったレオンは、彼女に覆い被さったまま深い律動を送り込んだ。切っ先が最奥に到達し、突き上げるたびに締めつけがきつくなる。

接合部は溢れ出た愛液でぬるぬるになり、狭い内部が楔（くさび）を根元まで咥え込む様が淫らだった。レオンの腕の中に囲われて突き上げられるアレクシアが、切れ切れに声を漏らす。

「はっ……ぁ、……ん……っ……あ……っ」

彼女の腕をつかんで自分の首に誘導すると、きつくしがみついてくる。

密着するぬくもりをいとおしく思いながら、レオンはアレクシアの耳や頬にキスをし、快感にかすれた声で問いかけた。

「……っ、そろそろ達ってていいか」

彼女が頷き、レオンはアレクシアの片方の脚を抱え上げると、律動の速度を速めていく。柔襞を擦りながら抽送を繰り返し、切っ先で最奥を抉る動きに彼女が切羽詰まった声を上げた。華奢な身体を片方の腕で強く抱き寄せながら、レオンは徐々にこみ上げる射精感に追い詰められていく。

「ぁっ……んっ、……ぅっ……あ……っ！」

「……っ」

根元まで剛直を突き入れ、切っ先を奥に押し当てながら射精する。

放った瞬間に隘路が震え、内襞がゾロリと蠢いた。それに心地よさをおぼえながら、レオンはありったけの熱を吐き出す。

気がつけば互いに息を乱し、汗だくになっていた。甘い余韻を感じつつアレクシアの身体を強く抱きしめ、レオンは彼女の唇にキスをする。

そしてようやく本当の夫婦になれたことに、深い感慨を抱いた。

「君を俺のものにできて、うれしい。ようやく初夜を終えることができたな」

「……っ、はい」

まだ息の整わないアレクシアがじんわりと頬を染め、初心なその様子を可愛く思う。

再び欲望が頭をもたげそうになったが、初めての彼女には負担が大きいのを考慮し、レオンは自身を引き抜いた。そしてアレクシアの身体を抱き寄せてベッドに横たわり、柔らかな金の髪に鼻先を埋めて言う。

「せっかく君と気持ちが通じ合ったのだから、これからは夫婦らしいことをたくさんしよう。一緒に食事をしたり、夜会に出たり、俺にエスコートさせてほしい」

「よろしいのですか？」

「ああ。公務も、こちらにできることはどんどん割り振ってくれないか？　君がすべて自分でやるのは大変だし、王配でも構わないことなら俺が肩代わりする」

アレクシアが「ありがとうございます」と言って微笑み、それを見たレオンは彼女の白い頬を撫でてつぶやく。

「三年前はこんなふうによく笑っていたのに、結婚してからのアレクシアは俺の前だと萎縮して小さくなっていた。今後は君が安心してくれるように、力を尽くすから」

「……レオンさま」

虚を衝かれた様子のアレクシアがすぐに面映ゆそうな表情を浮かべ、花のような笑顔になった。

「そう言ってくださるだけで、わたくしは幸せです。今までは、レオンさまが他の令嬢に心を移しても仕方がないと考えておりましたから」

「そんなことはしない。そもそも君以外の女性には、興味がないし」

こんなふうに考えさせてしまうのは、自分の気持ちがまだ彼女に伝わりきっていないせいだ。そう考えたレオンは、アレクシアの身体を再びベッドに押し倒す。そして驚いた顔をする彼女を見下ろして言った。

「今日はもうやめておこうと考えていたが、どうも信用されていないようだから教えてやろうか。俺がどれだけ君に心惹かれているのかを」

「えっ？　……ぁっ」

胸のふくらみを握り込んで耳朶に口づけると、アレクシアがあえかな声を漏らす。彼女が慌ててこちらの二の腕をつかんで押し留めてきた。

「お、お待ちください、レオンさま。わたくし……っ」

「待たない。せっかくこうして気持ちが通じ合ったんだ、俺たちはもっとお互いを知るべきじゃないか？」

「それは、そうですけど……」

「アレクシアの身体のどこが感じるか、夫である俺に教えてほしい。苦痛を欠片も与えたくないから」

アレクシアが顔を赤らめ、「それは……」と言いよどむ。彼女の手を取ったレオンは、それを自分の胸に押し当てる。そして微笑んで告げた。

「君にも俺の身体を知ってほしい。相互理解というのは、そういうものだろう？」

「あ……っ」

首筋に唇を這わせ、手のひらにアレクシアの胸のふくらみを包み込む。

先ほど達したばかりなのに、昂ぶりは充分すぎるほど張り詰めていた。彼女が息を乱し始め、それに欲情を煽られながら、レオンは先ほど以上の快楽を与えるべく目の前のいとおしい身体を抱くことに没頭した。

第七章

建国以来二五〇年の歴史を持つブロムベルク王国は、さまざまな儀式の伝統が継承されている。そうしたものの一切を取り仕切るのは教会で、大聖堂の老齢の司祭がしみじみとした口調で言った。

「国にとって、戴冠パレードは特別なものです。新たな王の即位を、国中が総出で祝ってくれます。今日は半月後の式典の際に使われる宝冠を持って参りました。こちらです」

即位したときにも被った大きな王冠には、大小のさまざまな宝石がちりばめられ、キラキラと輝いている。指輪や王笏（おうしゃく）の由来に関する講義を受けたアレクシアは、改めて自分がブロムベルクの女王となったことを自覚し、身が引き締まる思いがした。

（最初は何の覚悟もないまま女王として即位して、心細さでいっぱいだった。何の知識もなくて、常に周りから言われるとおりにするしかなかったけど……）

即位して一ヵ月近くが経つ今は少しずつ自覚が芽生え、さまざまなことを勉強して自分の意思で行動し始めている。

一昨日議会で初めて発言した件に関しては貴族たちに驚きを持って受け止められ、昨日からの様子を見るとそれまで緩んでいた議場の雰囲気に緊張感が生まれたような気がする。

（でも、まだまだ努力が足りない。お兄さまが停滞させてしまっていた国内産業や公共事業を、これからどんどん加速させていかなくては）

毎日が多忙なアレクシアだが、昨夜からふわふわと気持ちが浮き立ち、何となく落ち着かない気持ちになっている。理由は、夫であるレオンと初めて枕を交わしたからだ。昨夜アレクシアは彼に抱かれ、名実共に夫婦となった。

（まさか、レオンさまと褥を共にできるなんて思わなかった。それにあんな……）

熱に浮かされたようなひとときを思い出し、アレクシアの頬がじんわりと熱くなる。

昨日は朝から厨房に行き、レオンのためにヘルツェンバイン王国の郷土菓子を作った。料理人たちが「私たちがお作りいたします」と申し出てくれたものの、それを断って自分で腕を振るったのは、彼のために何かをしたかったからだ。

それまでの冷たい態度からレオンと夫婦になるのは諦めていたものの、他国からこの国に来た彼の疲れを癒やしてあげたい。そう考え、自分が作った事実を伏せてお茶の時間に提供してもらったが、誰かが真実を告げてしまったらしい。

それをきっかけにレオンと話し合う機会が持て、三年前に陥れたのは誤解だということをわかってもらった上で、互いの想いを確認して初めて抱き合った。

昨夜の一部始終を思い出すと、アレクシアは羞恥で頭が煮えそうになる。彼は情熱的で、初めてであるこちらに苦痛を与えないよう、最大限に気を使ってくれた。完全に痛みをなくすことは難しかったものの、レオンと繋がるのにはそれを凌駕(りょうが)するほどの喜びがあり、アレクシアは胸がいっぱいになった。

彼の熱のこもった眼差し、端整な顔、しなやかで男らしい身体や押し殺した息遣いなど、すべてに滴るような色気があり、あんなにきれいな男性が自分の夫なのだと思うと、恥ずかしさと誇らしさがない交ぜになった複雑な思いがこみ上げる。

結局二度も抱かれてしまい、朝レオンの腕の中で目覚めたときはひどく気まずい気持ちになった。その上事情を察した召し使いたちに「おめでとうございます」と言われ、耳聡く話を聞きつけてやって来たビンデバルト侯爵夫人は喜色満面だった。

『ついに初夜を迎えられて、本当にようございましたわ。お二人の間の空気がギスギスしておられて正直気を揉んでおりましたけれど、婚約期間を過ごすことなくご結婚されたのですから、いろいろと感情的な問題があって当たり前ですものね。何にせよ、大いに安心いたしました』

周囲に枕を交わしたことを知られているのはひどく気まずいものの、誰もが笑顔で祝福してくれるのは、そう悪い気持ちではない。こうして公務をしていてもふわふわとした思いは消えず、アレクシアはそんな自分を戒めた。

（浮ついた気持ちでいては駄目だわ。わたしは女王として、考えなければならないことがいっぱいあるはず）

その日は昼から軍務大臣のマイヤーハイムと国境警備について話し合ったが、ユストゥスの元腹心で生粋の武人である彼はアレクシアを君主として認めていないのか、どこか不遜な態度を崩さなかった。

そんなマイヤーハイムに臆した様子を見せないよう、精一杯毅然と対応したアレクシアは、会談が終わるとどっと疲れを感じた。その後、今夜王宮で開催する舞踏会のドレスを決めるために衣裳部屋に行き、侍女とあれこれ話し合って執務室に戻ると、侍従が銀のトレーに載せた手紙を運んでくる。

「王配殿下から女王陛下に、お手紙を預かって参りました」

「レオンさまから？」

レオンに手紙をもらうのは初めてで、アレクシアは手に取って中身を開く。

すると流麗な文字で「今夜開催される舞踏会で、君をエスコートさせてもらえないか」

と書かれており、それを見たアレクシアは目を輝かせた。

（レオンさまと一緒に、舞踏会に出られる？　昨日約束したことを早速実行してくださるつもりなんだわ）

聞けば彼は馬の品評会の主催者から招かれて外に出掛けており、終わったあとも予定があって、王宮に戻るのは夕方になるらしい。アレクシアは引き出しの中からきれいな便箋を選び、返事をしたためた。そして封蠟（ふうろう）したそれを侍従に手渡す。

「これを王配殿下に届けてください」

「かしこまりました」

王宮では王族と貴族、上流階級の者たちとの親睦のために定期的に舞踏会や晩餐会が催されており、その主催は女王ということになっている。

これまでアレクシアは一人で出席し、上級貴族らから申し込まれて何度かダンスをしたあと、頃合いを見て退出していた。華やかな雰囲気に気後れして苦手意識を持っていたものの、今日は特別だ。

夕方に公務を切り上げたアレクシアは、侍女たちの手によって念入りに支度をされた。

コルセットで細い腰を作り、身に纏った豪奢なドレスは柔らかなモーヴピンクで、胸元に宝石のごとくぎっしりと散りばめられたきらびやかなビーズ、袖や背中に寄せられたたっぷりの襞、繊細なレースやリボンで彩られた華やかなものだ。

侍女たちが針を刺してあちこちを留め、完璧なシルエットに仕上げたあと、髪を優美な形に結い上げられる。耳や首に装身具を飾り、扇子を持てば完成で、アレクシアは鏡越しに「とてもお美しゅうございます」と褒められた。

（本当にそうかしら。ドレスはもっとはっきりした色のほうがよかったかもしれないわ）

妙にそわそわしてしまうのは、レオンにエスコートを申し込まれたからだ。

結婚して十日ほどが経つが、挙式当日の宴以外で自分たちが共に夜会に出たことは一度もない。これまで感情的な行き違いがあったためだが、そのせいか社交界では早くも「女王と王配は、不仲なのではないか」という噂がささやかれているという。

確かにそれは事実であるものの、昨夜の話し合いで和解し、初めて抱き合って、今は甘い気持ちで満たされている。

（朝に別れてからレオンさまに会うのは初めてだけれど、一体どんな顔をすればいいのかしら。他の召し使いたちもいるのだし、平常どおりを装うべき……？）

そんなことを考えているうちに、「王配殿下がいらっしゃいました」という声が響き、アレクシアはドキリとする。

「お通ししてください」

ドレスが似合っているかどうかを吟味できないままレオンがやって来てしまい、内心ひどく動揺する。鏡を見てそそくさと髪の具合を直していると、やがて彼が部屋に入ってきた。そしてアレクシアの顔を見るなり、微笑んで言う。

「アレクシア、今日は誘いを受けてくれてありがとう」

その表情はこれまで向けられてこなかった親しみに満ちたもので、アレクシアの胸の鼓動が速くなる。じんわりと頬が熱くなるのを感じながら、アレクシアはレオンに挨拶した。

「レオンさま、ご公務お疲れさまでした。一日を通して忙しくしていらしたので、お疲れなのではありませんか?」

「君に比べれば、どうということはない。今日はアレクシアに会えるのを楽しみに、公務を頑張ったんだ」

室内には侍女や召し使いがいるのに、彼はまったく頓着せず甘い言葉を口にする。

今までとは真逆の様子に狼狽するアレクシアの傍まで来たレオンが、こちらの頬に手を触れて言った。

「そのドレス、とてもよく似合っている。君はそういう優しい色が似合うな」

「そ、そうでしょうか」

　そんな彼はオフホワイトの生地に金糸と銀糸で刺繍を施し、大きなカフスやボタン、飾り紐でアクセントをつけた豪奢な上着を羽織っていて、レースのクラヴァットとベストを合わせた華やかな装いがいかにも王族らしく優雅だった。

「レオンさまも……とても素敵です。品があって」

「ありがとう。君より目立たないよう、色味は抑えつつ格調高いものにした」

　レオンが肘を差し出してくれ、アレクシアはそっとそれにつかまる。

　侍従の先導で廊下を歩き、大広間の入り口まで来ると、衛兵が「女王陛下、並びに王配殿下のおなりです」と声を上げる。

　その瞬間会場がざわめき、人々の視線が集中するのを感じながら、アレクシアはレオンと共に中に入った。貴族たちはこちらを見てヒソヒソと耳打ちし合っていて、自分たちが一緒に行動しているのが予想外なのが見て取れる。

　そうした雰囲気に内心気後れするアレクシアに対し、レオンは堂々としていた。それを見ると「自分も彼の横に並んでおかしくないよう、胸を張らなくては」という思いがこみ上げ、アレクシアは気を引き締める。

　壇上に上がり、着飾った人々を見回したアレクシアは、女王らしい落ち着きを意識しながら彼らに挨拶をした。

「今宵はお集まりいただき、ありがとうございます。どうか楽しんでいってください」

楽団がひときわ華やかな曲を演奏し始め、人々が踊り始める。給仕から発泡性のワインを受け取って一口飲み、ホッと息をつくと、レオンがこちらに手を指し延べて言った。

「女王陛下、一曲踊っていただけるかな」

微笑む彼はドキドキするほど端正な姿で、アレクシアは少し緊張しながら答える。

「はい。喜んで」

レオンに手を取られてフロアに出ると、他の人々が真ん中を大きく開ける。

巧みにリードされながら、アレクシアは披露宴のときもこうして踊ったことを思い出した。あのときはレオンに冷ややかな言葉を投げつけられた直後で、宴の席で義務としてダンスをしつつも、触れ合った身体から強い拒絶を感じていた。

だが今の彼は青い瞳に確かな恋情をにじませ、こちらを見下ろして言う。

「朝も会ったはずなのに、アレクシアの顔を見るのがだいぶ久しぶりな気がするな。今日は大丈夫だったたか？」

アレクシアが不思議に思って「何がでしょうか」と問い返すと、レオンが答えた。

「身体がつらくなかったかと思って。昨夜は初めてだった君を二度も抱いて、だいぶ無理をさせてしまったから」

「……っ」

一気に顔が紅潮し、アレクシアは返す言葉に詰まる。

楽団の演奏で他の人間にはこの会話が聞こえていないとはいえ、公の場で昨夜のことを蒸し返されるとは思わなかった。アレクシアは気恥ずかしさをおぼえながら、目を伏せる。

「だ、大丈夫です。あの……少し怠さはありましたけど」

「そうか、よかった。今日は馬の品評会に出掛けたり、孤児院の視察に行ったりしていたんだが、ふとした瞬間にアレクシアのことばかりを考えていた。今頃何をしてるんだろうとか、疲れてはいないかとか」

熱を孕んだ眼差しでそんなふうに告げられ、アレクシアの胸がじんとする。

自分と同じように彼が折に触れては思い出してくれていたのだと思うと、うれしかった。左手でレオンの肩につかまり、右手で彼の大きな手を握りながら、アレクシアは微笑んで答える。

「わたくしも……レオンさまのことを考えていました。今頃何をしてらっしゃるのだろうと」

「だったらお互いさまだな」

こんなふうに笑顔で何気ない会話ができることを、心から幸せだと思う。レオンが背中に回した手にぐっと力を込めてターンした。

「ぁ……っ」

胸同士が密着し、彼の身体の硬さをつぶさに感じて、思わず色めいた声が漏れる。

それを恥ずかしく思ったアレクシアがかあっと顔を赤らめると、レオンがダンスを続けながらささやいた。

「衆人環視のもとで、そんな顔をするな」

「も、申し訳ございませ……」

「アレクシアの色っぽい顔は、俺の前でだけ見せてほしい。夫なんだから、それくらい望んでも構わないだろう？」

滴るような色気を孕んだ彼の眼差しに、昨夜抱き合ったときのことがまざまざと思い出され、アレクシアの身体が熱くなる。

一曲踊り終えてフロアの真ん中から退出すると、さまざまな貴族が話しかけてきた。彼らに言葉を返しながらアレクシアがふとレオンを見ると、彼は着飾った令嬢たちに囲まれている。

（本当にああして話しかけられるものなのね。レオンさまは素敵だから、令嬢たちが放っ

ておかないのも納得できるかも）

貴族にダンスに誘われて二曲踊り、席に戻った。すると「女王陛下、ごきげんよう」と声をかけられ、顔を上げたところ、そこには盛装したラファエルが立っている。

「ラファエル……」

整った顔立ちの彼は、相変わらず柔和な雰囲気だ。アレクシアはぎこちなく挨拶した。

「ごきげんよう、エーレルト公爵。いい夜ですね」

ラファエルと顔を合わせるのは、二日ぶりだ。

一昨日アレクシアは彼と一緒にお茶を飲み、その際に夜会でのレオンの様子を聞かされた。ショックを受けるアレクシアに、ラファエルは「アレクシアが求められているのは跡継ぎを産むことなのだから、自分を秘密の恋人にして子どもを作るのはどうか」と提案してきて、驚いた。

確かに王家を継続させるという観点だけでいえば、そういう選択肢はありだったかもしれない。だがアレクシアにそういう気は毛頭なく、他の男性に抱かれるのを想像するだけで強い拒否感がこみ上げた。

それは従兄妹として親しくしてきたラファエルが相手でも変わらず、アレクシアは彼を見つめて答えた。

『ごめんなさい、そういう選択肢はまったくないわ。あなただから断るというわけではなく、他の誰が相手でも考えられないの。わたしはレオンさまをお慕いしていて、あの方に貞節を誓い、それはたとえ不仲でも変わらない。――だから、ごめんなさい』

するとラファエルはこちらをじっと見つめ、やがて小さく噴き出して言った。

『ごめん、本気にした？　冗談だよ。真面目なアレクシアにそんなことができるなんて、端から思ってない』

『そ、そうなの？』

あくまでも「冗談だ」と言って彼は帰っていったが、一人残されたアレクシアは複雑な気持ちになった。

もしかするとラファエルは、本気であのような提案をしたのかもしれない。だがこちらが断ったために、話をなかったことにしたのではないか――そんな考えが頭をかすめ、ひどく困惑した。

結果的にアレクシアはレオンと話をして気持ちが通じ合い、ラファエルの提案を受けなくてもよくなった。だが彼にはまだこちらの状況を説明できておらず、どう話をするべきか悩む。

するとこちらの困惑を悟ったのか、ラファエルが微笑んで言った。

「そんな顔をしないでください。もしかして、先日のお茶会の際の僕の話を気にしておられますか？　あれは冗談ですよ」

「でも……」

「今夜は王配殿下とお出ましになられたのですね。仲睦まじいご様子で、臣下として心から安堵いたしました」

対外的に敬語で話す彼がそんなふうに言ってきて、それを聞いたアレクシアは何と答えていいかわからずに口をつぐむ。ラファエルが言葉を続けた。

「近々またご機嫌を伺いに参ります。――では、失礼いたします」

彼が挨拶だけで去っていき、アレクシアはわずかに安堵する。

ラファエルの本心はわからないが、彼があくまでも「冗談だ」と言うのなら、そういうことにしておいたほうがいいのだろう。

そう結論づけた直後、ふいに背後から肘をつかまれてドキリとする。振り返るとそこにはレオンがいて、こちらの耳元に口を寄せてささやいた。

「そろそろ退出しよう」

「は、はい」

まだ話しかけたそうな貴族たちに挨拶し、アレクシアはレオンと揃(そろ)って大広間から退出する。廊下の先を歩く彼はこちらを振り返ろうとせず、どこか固さのあるその態度にアレクシアはふと不安になった。

（レオンさま、もしかして怒ってる？　わたしは何か気に障ることをした……？）

「部屋に行って着替えてくる。アレクシア、またあとで」

「……はい」

チラリとこちらを振り返ったレオンがそう言って去っていき、アレクシアも自室に戻る。

一度着込んだドレスを脱ぐのは、かなりの大仕事だった。あちこちを留めたピンを引き抜き、ストマッカーやコルセット、パニエを外して髪も下ろす。

そして召し使いたちが用意してくれた浴室で、入浴した。いい香りのする石鹸で全身を洗い、上がったあとは髪の水分を取って丁寧に梳る。肌にも薔薇の香りがする香油を擦り込み、繊細なレースをふんだんに使った優雅な夜着を着せられた。

一時間ほど経って身支度を終えたアレクシアは、寝室に向かう。すると中には既にレオンがいて、グラスに酒を注ごうとしていたところだった。

「遅かったな」

「お待たせしてしまい、申し訳ありません。ドレスを脱ぐのにはかなり時間がかかりますので」

「そうか。女性は大変だ」

アレクシアは彼の手から酒のボトルを取り、「わたくしが」と言って代わりにグラスに注ぐ。するとレオンがそれを一口飲み、突然こちらの身体を引き寄せてきた。

「あ……っ」

口移しできつい酒を注がれ、思わずゴクリと嚥下する。

喉がカッと熱くなり、それだけで酩酊しそうになったものの、彼はそのまま舌で口腔を貪り始めた。

「……ぅっ……んっ、……は……っ」

酒の味がするキスは刺激的で、ぬめる舌の感触と香りに酔わされ、頭がクラクラしてくる。何度も角度を変えて口づけられ、ようやく唇を離されたときには目が潤んでいた。

そんなアレクシアを抱き寄せたレオンが、髪に鼻先を埋めてささやく。

「舞踏会で他の貴族たちと話したりダンスの誘いに応じるアレクシアは、如才なく振る舞えていて感心した。でも、その一方で密かに嫉妬していたんだ。他の男が君の身体に密着して踊っていて」

「た、ただのダンスですから……」

「そうだな。これまで冷淡に振る舞ってきた俺がこんなことを言うのは、おこがましいとわかっている。一度抱いただけでここまで強い独占欲を抱くなんて、我ながら滑稽だ」

思いのほか彼が素直に心情を吐露してくれ、アレクシアの胸がきゅうっとする。

臣下である貴族たちと交流するのは女王の務めで、相手が異性であってもそこに特別な感情はない。だがレオンがこんなふうに独占欲を抱いてくれるのは、一人の女性としてうれしい。アレクシアは彼を見つめ、面映ゆく微笑んだ。

「レオンさまがそんなふうに思ってくださるなんて、夢にも思いませんでしたけどうれしいです。心配なさらなくても、わたくしがお慕いするのはレオンさまただ一人ですから」

「本当か？」

「はい」

再び唇が重なり、アレクシアは遠慮がちにレオンの舌を舐め返す。すると彼がより一層激しく貪ってきて、そのままベッドに押し倒された。

「あ……っ」

胸のふくらみを手に包み込まれ、やんわりと揉みしだかれる。

そうしながらもレオンの舌が耳孔に入り込んできて、頭の中に直接聞こえる水音に肌が粟立った。

「……っ、ん……っ」

ゾクゾクとした感覚が背すじを駆け上がり、呼吸が乱れる。

音を立てて耳の中を舐めながら胸の先端を刺激され、アレクシアは体温が上がっていくのを感じた。先ほど口移しで飲まされた酒が効いているのか、全身が熱い。そうするうちに胸の先を摘まむ指に力を込められ、じんとした疼痛に声を上げる。

「ぁ……っ」

刺激を受けたそこはいやらしく勃ち上がり、夜着越しにもツンと尖っているのがわかった。やがてレオンが唇を首筋にずらし、肌のあちこちをなぞり始める。腕の内側にもキスをされ、思いのほか敏感なそこにアレクシアは内心動揺した。

（どうしよう、昨日初めて抱かれたばかりなのに、こんな……）

こんな些細な刺激でも感じてしまう自分に、彼は呆れたりしないだろうか。

そんなことを考えているうちに身体をうつ伏せにされ、彼が耳の後ろにキスをする。レオンの手が夜着の肩紐を下ろし、胸のふくらみがあらわになって、それを揉みしだきながら先端を弄られるとたまらなかった。

「ぁっ……はぁっ……ぁ……っ」

彼の大きな手の中でたわむふくらみの形が淫靡で、それを目にしたアレクシアは頭が煮えそうになる。

弄られている先端は色を濃くし、じんじんとした疼きがこみ上げていて、声を我慢することができない。レオンが片方の手でこちらの頤（おとがい）を上げ、後ろから覆い被さるように口づけてきた。

「うっ……」

肉厚の舌で口腔を蹂躙されたアレクシアは、苦しさに喘ぐ。唇を離した彼が、青い瞳に獣めいた欲情を滾らせてささやいた。

「君の泣きそうな顔を見てしまうと、駄目だな。優しくしたいのに、すべて奪い尽くしたくてたまらなくなる」

「あ……っ」

レオンの片方の手が脚の間を探り、花弁を開く。そこは既に蜜を零していて、触れられると指がぬるりと滑る感触がした。彼の指は長く優雅だが、男なだけあって実際はそれなりに太く、秘所をなぞられるとその存在感に動揺する。

「……っ……レオンさま……っ」

「昨日より濡れてるな。ここは痛むか？」

「ぁ……っ」

蜜口をくすぐられ、アレクシアの顔がかあっと赤らむ。

そこは少し腫れぼったい感覚があるものの、痛みはない。レオンが指を動かすたびにくちゅりと水音が立ち、それが恥ずかしくて太ももに力を込めた。だが後ろから抱きすくめられている状況ではわずかな身じろぎしかできず、ただされるがままになる。

「んっ……、ぅっ、……は……っ」

花芽を弄られると甘い愉悦が広がり、膝立ちの下半身が震える。

それをしっかり抱きすくめた彼が蜜口から指を挿れてきて、アレクシアは小さく呻いた。

「んん……っ」

柔襞を掻き分けて進む指は硬く、強い異物感をおぼえる。

昨日受け入れたレオン自身よりは細いものの、中で自在に動いてアレクシアを乱した。

愛液でぬめる内襞を捏ねられ、粘度のある音が立つ。隘路がビクビクとわなないて締めつけたものの、それを物ともせず奥まで埋められた。

「はぁっ……」

「昨日二度も抱いたのに、やはり狭いな。だいぶ慣らさなくては駄目か」

「あっ、あっ」

緩やかに抽送を開始され、淫らな水音が響く。痛みはないが長い指で奥を押されると身体が震え、締めつける動きが止まらない。

中に挿れる指を増やされた途端に一気に圧迫感が増し、アレクシアは涙目で喘いだ。愛液が溢れ、太ももまで伝っている。縋(すが)るものを求めてレオンの腕につかまり、身をよじった瞬間、奥を抉るのと同時に花芽を親指で押し潰されて、アレクシアは背をしならせて達していた。

「あ……っ！」

隘路が激しく収縮し、奥から熱い愛液がどっと溢れる。

こちらの身体を後ろから抱き留めた彼が、絶頂の余韻に震える体内から指を引き抜き、ベッドに押し倒してきた。そしてアレクシアの脚を押し広げると、身を屈めて花弁に舌を這わせてくる。

「レオンさま、待っ……」

熱い舌が秘所を舐め上げ、音を立てて蜜を啜る。

濡れた柔らかな感触が、達したばかりで敏感になったところを這い回る感触は強烈で、アレクシアはその動きに翻弄された。恥ずかしくて今すぐやめてほしいのに、レオンは花弁をじっくり舐めながら熱を孕んだ眼差しをこちらに向けてくる。

「……っ」

彼と視線が合ってしまったアレクシアは、端整な顔が自分の脚の間に埋まっている様を目の当たりにしてしまい、羞恥をおぼえる。

彼の瞳には押し殺した欲情があり、自分の欲求を抑えてこちらの身体を慣らすのに専念していることが伝わってきた。アレクシアが腕を伸ばすと、レオンがその手を握る。指同士を絡ませられたアレクシアは、息を乱しながら彼に向かって呼びかけた。

「レオンさま、もうよろしいですから……っ」

「君に苦痛を与えたくない。もっと慣らしたほうがいいだろう」

「お願いです。わたくしは平気ですので、どうか……」

それを聞いたレオンはようやく身体を起こし、口元を拭う。

そして着ていたシャツを頭から脱ぎ捨て、しなやかな上半身をあらわにした。無駄なく引き締まりつつ腕や胸に実用的な筋肉がついた身体は男らしく、アレクシアはドキリとする。

彼は下衣もくつろげ、隆々と漲った自身を取り出した。表面に太い血管を浮き上がらせ、張り詰めている欲望はいかにも硬そうで、それを目の当たりにしてしまったアレクシアは慌てて目をそらした。

（あんなに大きなものが、昨夜わたしの中に入っていたの？　……信じられない）

昨日は無我夢中でレオンの身体を見る余裕がなく、初めて目にした剛直の卑猥（ひわい）さにひどく動揺する。するとそんなアレクシアに気づいたレオンが、小さく笑って言った。

「男のものを見るのは初めてか。昨日はそれどころではなかったものな」

「あの……」

「触ってみるといい」

突然こちらの手をつかんだ彼が、それを自身の股間に誘い、屹立に触れさせる。

昂ぶりは火傷しそうに熱く、表面は弾力があるものの皮膚の下は鋼のように硬かった。先端は丸く、一部に切れ込みが入っており、幹は太さがあって充実している。アレクシアに剛直を握らせたレオンが、ややかすれた声でつぶやいた。

「アレクシアの手は、柔らかいな。そのまましごくようにできるか？」

「こ、こうですか？」

ゆっくりと幹をしごく動きに、彼が心地よさそうな吐息を漏らす。

自分の手がレオンに快感を与えているという事実は、アレクシアにとって新鮮だった。もう片方の手も伸ばし、両手で包み込むようにして幹をじっくりとしごく。すると手の中のものはますます硬さを増して、鈴口から先走りの液をにじませた。

手のひらに感じる熱さと充実したものの独特の感触は、アレクシアを興奮させた。どのくらいそうしていたのか、やがて彼がこちらの手に自分のそれを重ねて押し留め、吐息交じりの声で言う。

「もういい。このままうっかり出してしまいそうだ」

「あ、……」

レオンが改めてアレクシアの脚を押し広げ、自身の身体を割り込ませてくる。そして蜜口に先端をあてがい、ぐっとそれを押し込んできた。

「うぅっ……」

昨日も受け入れたものだとはいえ圧迫感が強く、アレクシアは顔を歪める。

丸い亀頭が埋まり、幹の部分をじわじわと埋められると、その圧倒的な質量に息が上がった。入り口が引き攣れる感覚があり、内壁に軋むような鈍い痛みをおぼえる。しかし初めてのときほどではなく、意識して身体の力を抜いた。

「……っ……ぁ……っ」

太い幹が隘路を進み、切っ先が最奥に届く。根元まで受け入れたとき、肌がじんわりと汗ばんでいた。レオンが息を吐き、こちらの膝をつかんでつぶやく。

「――動くぞ」

ゆっくりと腰が引かれていき、硬いもので内壁を擦られる感覚にアレクシアは眉を寄せる。すぐに根元まで埋められ、先端が一番奥を押し上げて律動が始まった。

「うっ……んっ、……ぁ……っ」

彼は初めから激しい動きをせず、小刻みな動きで中を穿(うが)ってきた。

剛直の大きさに慣れていくにつれ、引き攣れる感覚が和らいでいく。だが内臓がせり上がるような圧迫感は相変わらずで、アレクシアは切れ切れに喘ぎながら自分を抱くレオンを見つめた。

すると彼は快感をこらえる表情をしていて、その色っぽさに胸がじんと熱くなる。

（レオンさまは、わたしとして気持ちいいの？　こんな顔をするなんて）

思わず屹立を締めつけると、レオンがぐっと顔を歪め、押し殺した声で言った。

「……っ、少し激しくしていいか」

「あっ……！」

ずんと深くを穿たれ、根元まで埋められた楔が奥を突き上げて、アレクシアは息をのむ。

こちらに苦痛の色がないのを確認した彼が、繰り返し腰を打ちつけてきた。のみ込まされる質量が怖く、必死に手元の敷布をつかむ。それを見たレオンが、アレクシアの両腕を自分の首に誘導した。

「俺の首につかまれ。──爪を立ててもいいから」

「あっ、あっ」

身体を密着させ、こちらの片方の脚の膝裏をつかみながら、彼が深い律動を送り込んでくる。

内壁がビクビクと震え、柔襞が屹立に絡みついていた。狭い内部は昂ぶりの太さや硬さをまざまざと伝えてきて、声を我慢することができない。切っ先が奥の一点を抉ると怖いくらいの感覚がこみ上げ、アレクシアは高い声を上げた。

「ぁ、レオンさま、そこ……っ」

「ここだろう？　触れるとビクッとして、中が締まる。――君のいいところだ」

反応するところを狙いすまし、そこばかりを突かれて、アレクシアは自分が快感を得ているのに気づく。

息が止まりそうで怖いのに、甘い感覚が湧き出て止まらない。愛液の分泌が増え、昂ぶりを根元まで受け入れるのを助長していて、感じる部分を抉られるときゅうっと中が窄まった。

その締めつけが心地いいのか、彼が熱い息を吐く。端整な顔に汗がにじみ、髪がわずかに乱れているレオンには、滴るような色気があった。アレクシアは彼の首にしがみつく腕に力を込め、切れ切れに訴える。

「レオンさま、好き……っ」

「俺もだ。君が可愛くて、たまらない」

優しくこめかみにキスをされ、愛情に満ちたその姿に胸がいっぱいになる。

内襞がゾロリと蠢き、入り込んだ肉杭をきつく食い締めて、レオンが息を詰めた。彼はアレクシアを見つめ、快感に上擦った声で言う。

「すまない、そろそろ限界だ」

「あ……っ」

律動を速められ、容赦のない激しさで突き上げられたアレクシアは、身も世もなく喘ぐ。甘ったるい愉悦がじりじりと高まっていき、今にも弾けてしまいそうなのが怖くて、必死に目の前のレオンの身体にしがみついた。

やがて切っ先がぐっと最奥を押し上げ、アレクシアは小さく声を上げて達する。それとほぼ同時に彼も息を詰め、ドクリと熱を放った。

「……はぁっ……」

熱い飛沫が隘路を満たしていき、それを啜るように襞が蠢く。

身体はすっかり汗ばみ、呼吸が激しく乱れていた。一気に訪れた脱力感にぐったりするアレクシアの唇に、レオンが触れるだけのキスをする。彼が間近でささやいた。

「だいぶ激しく動いてしまったが、平気か？」

「……っ……はい……」

レオンがこちらの身体を腕に抱き込みながら横になり、髪に鼻先を埋めてくる。

愛情がにじむそのしぐさに、アレクシアの胸は甘酸っぱい気持ちでいっぱいになった。

そっと腕を伸ばして彼の身体に腕を回すと、レオンがクスリと笑って言う。

「抱きつくぐらいで遠慮するなんて、アレクシアは可愛いな」

「す、すみません」

「謝ることはない。夫の身体なんだから、好きなだけ触っていい。ほら」

腕をつかんでより身体を密着させられ、触れ合う素肌の感触にアレクシアはじんわりと頬を染める。

全身が気怠い疲れに満ちていたが、心は甘やかな気持ちでいっぱいだった。結婚当初に冷ややかな拒絶を受けたことを思えば、今の状況がとても信じられない。

だが想いが通じ合ってからの彼は終始こちらを気遣い、愛情を態度で示してくれていて、アレクシアはうれしさを噛みしめた。

(わたしはこの方に、一体何を返せるだろう。生まれ育った国から異国に来て、慣れない生活できっと疲れもあるのに)

そんなアレクシアの髪を指先で弄んでいたレオンが、思いがけないことを言う。

「君にひとつ、提案があるんだが」

「何でしょう」

「休暇を兼ねて、泊まりがけでヘルツェンバインに行かないか？」

アレクシアは驚き、顔を上げて彼を見つめる。レオンが微笑んで言葉を続けた。

「君の公務が忙しいのは、よくわかってる。だが俺たちは新婚旅行もしていないし、二人きりでどこかに出掛けても決して罰は当たらないと思うんだ。だからここからそう遠くはない、国境近くの保養地にあるヘルツェンバインの館で二泊くらいできたらと考えているんだが、どうだろう」

彼の提案は、とても新鮮だった。

女王として即位して日が経っておらず、毎日公務に追われているアレクシアには休む暇がない。だがレオンにそう言われるとみるみる気持ちが高揚して、目を輝かせて答える。

「行きたいです。でも……首都レームを離れるとなると、オスヴァルトや閣僚たちが反対するかもしれません。即位して日が経っていないのに、浮ついた行動をしていると思われてしまうかも」

「それは俺が説得する。他国の王族だって結婚したら旅行に出掛けてるんだから、前例がないわけじゃない。任せてくれ」

第八章

女王の公務は主に内務大臣が予定を取り仕切り、宰相がその助言をする。

外国と関わる公務などはその都度閣僚会議にかけられ、参加するのが妥当かどうかを判断していた。しかしレオンが「新婚旅行代わりに、アレクシアとヘルツェンバイン王国に二泊の日程で出掛けたいため、許可をもらいたい」と申し出たところ、閣僚たちは揃って反対した。

「女王陛下はまだ即位して半月、このような状況で外遊など許可できない」「為政者としての自覚が足りないのではないか」――そうもっともらしく言われたものの、彼らが年若い女王を侮り、かつその配偶者で連合の後ろ盾を持つ自分を煙たく思っているのを、レオンは敏感に感じ取る。

（要は嫌がらせだな。元々俺は敵国であるヘルツェンバインの王族で、しかも連合五ヵ国の肝煎りでアレクシアと結婚したから、ここぞとばかりに文句をつけたいんだろう）

だが彼らと波風を立てるのは、今後のためにならない。王配としてアレクシアと共にある以上、上手くつきあっていかなければならないからだ。

しかしそこでオスヴァルトが、「よろしいのではないですか」と発言した。

「女王陛下がヘルツェンバイン王国を訪れるのは、外交上よいことだと思います。かつては敵対関係にありましたが、女王陛下が王配殿下とご結婚されたことにより、ブロムベルク王家はヘルツェンバイン王家の姻戚となりました。一度かの国に赴いて国王夫妻にご挨拶をすれば、連合側の心証もよくなるでしょう」

彼の発言には一理あり、他の閣僚たちがモゴモゴと黙り込む。

かくして日程の調整がされ、七月半ばにある戴冠パレードの翌日に出発することになって、アレクシアは喜んでいた。

「レオンさまと一緒にヘルツェンバイン王国を訪れることができるなんて、夢のようです。戴冠パレードに参加できないという国王ご夫妻にお会いするのも楽しみですし」

身体の関係ができてからの彼女は少しずつこちらに気を許し、ときどき屈託ない笑顔を見せてくれるようになった。

それを目の当たりにするレオンの心は、アレクシアへのいとおしさでいっぱいになる。自分でも呆れるほど彼女に甘くなっている自覚があり、内心苦笑いした。

（まさか俺が、ここまで彼女を愛するようになるとは思わなかった。……この国に来たときは憎んでいたはずなのに）

三年前の出来事が誤解であるとわかった途端、アレクシアへの想いが堰を切ったように溢れ、日ごとに彼女を好きな気持ちが増している。

一度枕を交わすとよりいとおしさがこみ上げ、レオンはあれから日を置かずにアレクシアを抱き続けていた。最初こそ痛みがあった様子の彼女だが、二度目からは徐々に感じるようになり、ベッドの中での媚態に魅了されてやまない。レオンが「二人でいるときは、かつてのように〝シア〟と呼んで構わないか」と問いかけたところ、アレクシアはうれしそうな顔をしていた。

彼女の頬に触れ、レオンは微笑んで言った。

「俺の両親には、先に手紙を送っておいた。二人だけで旅行するはずが王宮を訪れることになってしまったのは大きな誤算だが、まあ仕方がないな。君は女王だから、ヘルツェンバイン王国に踏み入って国王に挨拶なしというわけにもいかないだろう」

「そうですね」

それからアレクシアは日々の公務や枢密院議会の傍ら、戴冠パレードの準備やレオンの両親への土産の選定などで忙しく過ごしていた。

合間を縫って王宮を訪れた人々と謁見し、政治の勉強も続けていて、まったく休む暇がない。一方のレオンも国内の騎士団や慈善団体の視察に赴いたり、貴族が主催する茶会やサロンに顔を出したりと、毎日が多忙だった。

今日は軍の訓練を査察したが、案内役を買って出た軍務大臣のマイヤーハイムはこちらを見るなり慇懃な態度で言う。

「王配殿下におかれましては、母国であるヘルツェンバインで軍務に就かれていたとのこと。さぞかし我が国の軍にも興味がおありでしょうな」

「ああ」

「これから兵舎と訓練の様子をご覧に入れますが、ヘルツェンバイン王国に情報をお渡しになるなど、努々（ゆめゆめ）お考えになりませぬよう。機密漏洩（きみつろうえい）は、死罪に値するものですから」

まるでこちらがスパイ行為を働くつもりだといわんばかりの言葉に、レオンは無言でマイヤーハイムに視線を向ける。

彼の言葉は、不敬だ。王配は女王に次いで身分が高く、一介の大臣がこのようなことを言えば本来更迭（こうてつ）もありえる。だがマイヤーハイムはこちらを侮っているのか、不遜な表情を崩そうとしない。

（……だが、今言い返しては彼の思う壺だ）

まだこの国に来て日が浅いレオンが軍務大臣と険悪になれば、議会や社交界で孤立するのは目に見えている。むしろそうした流れが狙いなのかと考えたレオンは、ふっと息を吐いた。そしてあえてニッコリ笑い、彼を見つめて言う。

「もちろんそのようなことをするつもりは、毛頭ない。私は女王陛下の伴侶としてブロムベルク王国に忠誠を尽くし、この国に骨を埋める所存だ」

「さようでございますか」

「ああ。マイヤーハイム卿、早速案内していただいてもいいかな」

「かしこまりました」

戴冠パレードの日は国民の休日となり、国を挙げて祝賀ムードに包まれた。

王宮から近衛騎士団を先頭に隊列が組まれ、軍服を着た各軍の選抜隊が続く。女王と王配が乗った豪奢な馬車は八頭立てて、二人を一目見ようと大路にはたくさんの人々が詰めかけ、若く美しい女王夫妻に歓声を上げた。

祝いの花が降り注ぐ中、馬車の中から沿道に手を振るアレクシアが、微笑んで言った。

「民がこんなにわたくしたちを祝ってくれるなんて、驚きです。新しく即位したわたくしが女で、そのせいで連合の支配を受け入れることになったのだと考えて、憤っているかと思っておりましたのに」

「周辺国を威圧する強いブロムベルク王国を支持していた者たちもいるんだろうが、戦のない平和な暮らしを期待する者たちも多いんじゃないかな。女性である君ならそれを実現してくれると、希望を託しているのかもしれない」

「でしたら、責任重大ですね。わたくしはそうした者たちの声に応えなければ」

改めてレームの街中を眺めると、建物の屋根は赤茶色のレンガで統一され、石畳が敷かれた道は整然として美しい。どの建物にも窓に色とりどりの花が飾られており、大路にはたくさんの店が立ち並んでいて、大国の首都にふさわしい活気があった。

デュンヴァルト寺院までの道のりをゆっくり進み、大きく迂回して王宮に戻ると、二時間が経過していた。夜は女王主催の晩餐会があり、国外からの賓客も招いた盛大なものになる。

招かれた客の中には連合各国の王族の他、ナサリオ王国の人間で特使を務めたクレト・デ・ベルグラーノもおり、レオンはアレクシアも交えて彼らと和やかに会話をした。レオンの故郷であるヘルツェンバイン王国からは、国王の名代として長兄アルベルトが妻と共に出席していて、久しぶりの邂逅に話に花を咲かせる。

翌日は資材調達の件でバリエンダール共和国の王弟と個別会談し、昼頃に帰っていく賓客たちを見送ってようやく一息ついた。前日からの疲れはあるものの、これからアレクシアとヘルツェンバイン王国に向かうため、その準備に取り掛かる。

レオンが立てた計画では、これから出発してヘルツェンバイン国内に入り、ブロムベルクとの国境近くのハーゲンという村の館で一泊するというものだ。明日の朝に館を出発し、昼過ぎにヘルツェンバインの首都アルムガルトに到着、その後国王に謁見して親睦を深めたあと、夜に晩餐会に出席するという流れになっていた。

(二日目はヘルツェンバインの王宮に泊まって、三日目はブロムベルクまで丸一日かけて戻らなくてはならないから、かなりの過密スケジュールだ。だが女王を長く不在にするわけにはいかないし、仕方ないか)

彼女の部屋に向かうと、外出用のドレスに身を包み、花と鳥の羽があしらわれた華やかな帽子を被ったアレクシアがこちらを見た。

「レオンさま」

「シア、支度はできたか?」

今日の彼女はラベンダー色のドレスを着ていて、スカート部分に寄せたドレープやレースの袖口が優雅だ。

長時間馬車に乗ることを考えたのかパニエの膨らみは控えめで、ほっそりした体型が際立っていた。今回の移動には荷馬車三台と護衛の騎馬隊、そして外務大臣のフォルバッハや侍女のエラ、数人の使用人が同行し、レオンとアレクシアが外に出るといつでも出発できる状態になっている。見送りに出てきたオスヴァルトが、彼女に向かって言った。

「女王陛下がお留守にするあいだ、国のことは私や閣僚たちが責任を持ってお預かりいたします。二泊三日という短い期間ではございますが、どうか楽しまれますよう」

「ありがとう」

「王配殿下、女王陛下をよろしくお願いいたします」

「ああ。わかった」

＊　＊　＊

市街地を抜けると周囲は次第に田園風景となり、羊や牛が草を食んでいる姿が見える。

よく晴れた空から夏の強い日差しが降り注いでいるものの、馬車の窓を開け放すと風が吹き抜けて快適だった。外をわくわくした気持ちで眺めるアレクシアは、隣に座るレオンに向かって言う。

「レオンさま、あそこにたくさんの羊の群れがおります」

「特段珍しい風景ではないと思うが、シアは普段郊外に出掛けることは少ないのか？」

彼の問いかけに、アレクシアははしゃいでいる自分が恥ずかしくなりながら答える。

「わたくしは五歳の頃から十一年間、首都レームから離れたカペル離宮で育ちましたが、あの辺りは鬱蒼とした森が多く、こうした田園風景を見ることは少なかったのです。外出といえば、近所に花を摘みに出掛けるくらいでしたから」

「王女なのに、なぜそんな離宮で……」

「王太后のパトリツィアさまの意向です。亡き父王の正妃だったあの方は、側室であるわたくしの母を疎んでおりましたから……。ですが穏やかで争い事を好まない母は離宮暮らしを受け入れておりましたし、わたくしもときどき行く王宮に馴染めず、不満はなかったのです」

「……そうだったのか」

一人息子であるユストゥスを亡くしたパトリツィアは、アレクシアが女王として即位する際に強く異議を唱えた。

しかし王位継承権第一位である事実を覆すことができず、その後は内務大臣から「王宮を出て、風光明媚な土地にある離宮に住まいを移されてはどうか」という提案をされたものの、それを拒否して元々の王妃の部屋に住み続けている。

廊下で行き合うたびに刺すような眼差しでアレクシアを見つめる彼女は、今日も出立しようとしているところにやって来て嫌みを言った。

『即位したばかりだというのに、王配と他国に旅行に出掛けるなど、ずいぶんと浮かれているのね。わたくしはまだユストゥスの喪に服しているというのに』

冷ややかな言葉を投げつけられたアレクシアは、レオンとの旅行で浮き立つ心に水を差された気分になった。王宮内にはパトリツィアを筆頭に自分を快く思っていない者たちが一定数いるのを常々肌で感じ取っており、ふとしたときに気持ちが落ち込んでしまう。

（でも――）

夫であるレオンと想いが通じ合い、仲睦まじくなることができたのは、アレクシアにとって大きな僥倖（ぎょうこう）だ。

誤解が解けてからというもの、彼は今までの埋め合わせをするかのように細やかな気遣いを見せる。何気ない瞬間に頬に触れたり、そっと抱き寄せてくれることが多くなり、そうした接触が胸を甘く疼かせていた。

（せっかくの旅行なのだから、くよくよするのはやめにしよう。レオンさまが誘ってくだ

さったのだもの、暗いことを考えていたら罰が当たるわ）

気を取り直したアレクシアは、努めて明るい表情で問いかける。

「レオンさまは、ヘルツェンバインの王宮で暮らしていらっしゃったのですか？」

「ああ。父に側室はおらず、俺たち兄妹四人は全員母が産んだ子どもだから、家族の仲はよかった」

「それは素敵ですね」

今までは互いの公務が忙しく、話をする機会は朝晩のわずかな時間しかなかったため、こうしてゆっくり語り合えるのは楽しかった。

ブロムベルク王国からヘルツェンバイン王国に通行できる部分は二箇所あり、首都レームから少し離れたクラッセンと、かつてアレクシアが暮らしていたカペルがある。

王宮を出て三時間、クラッセンに到着し、国境を通過した。ヘルツェンバイン側はハーゲンという地名で、国境を警備する兵士たちがこちらを見て揃って敬礼し、アレクシアは「ご苦労さまです」と声をかける。彼らの労をねぎらったあと、レオンが言った。

「ここから館までは、三十分ほどだ。もう少し辛抱してくれ」

三時間も馬車に揺られ続けるのは確かに疲れるものの、レオンと一緒にいられるのだからどうということはない。

初めてブロムベルク以外の国に来たアレクシアは興味深く外を眺めたものの、森の中の道は今までとさほど代わり映えしなかった。やがて到着した館は鬱蒼とした森が開けたところにあり、壮麗で美しい白亜の建物だ。

壁には緑のツタが絡まり、バルコニーや柱の意匠が凝っている。庭には薔薇園があって、思わずうっとりするほどロマンチックな雰囲気だった。

馬車から降りたアレクシアは、ほうっと感嘆のため息を漏らす。

「美しい館ですね……」

「祖父の代に、避暑に訪れる館として建てられたものなんだ。人を呼んでパーティーなどをする目的ではなく、王家の人間だけが使うためのところだから、気兼ねなく過ごせると思う」

荷馬車が到着し、同行した使用人たちが次々と荷物を運び入れる。

侍女のエラが着替えを手伝ってくれ、ようやく一息ついた。明日も明後日もレオンとずっと一緒にいられると思うと、わくわくする。そんな気持ちが顔に出ていたのか、彼が小さく噴き出して言った。

「君がそんなふうにキラキラ目を輝かせているなんて、珍しいな」

「そ、そうですか？」

「ああ。子どもみたいで可愛い」

こちらを見つめるレオンの目が砂糖を溶かしたように甘く、アレクシアはじんわりと恥ずかしさをおぼえる。

忙しく荷解きをする使用人たちを横目に、彼がお茶を一口飲んで言った。

「少し休憩したら、馬で出掛けないか？　この近くに、きれいな池がある」

「でも、わたくしは一人では馬に乗れなくて……」

「俺が一緒に乗るよ」

元騎士であるレオンは馬を操るのが上手く、アレクシアを馬に同乗させてもまったく不安定さがない。

乗馬は吹き抜ける風を身体に感じ、迫力があって楽しかった。木々に囲まれた美しい池まで行ったあと、近くを一周して館に戻り、二人で夕食を取る。

彼が「随行の者たちも疲れているだろうから、早く休ませてやろう」と言ったため、午後九時には召使いたちが下がって二人きりになることができた。ランプの灯りがぼんやりと照らす寝室で、レオンがアレクシアに手を差し伸べる。

「――シア、おいで」

その手を取った途端、ぐいっと強く身体を引き寄せられ、アレクシアは彼に抱きしめられていた。

馴染んだレオンの匂いに陶然とし、そっとその背中に腕を回す。引き締まって無駄のない身体は男らしく、硬い筋肉の感触が女性とはまるで違っていて、アレクシアをすっぽり抱き込めるほど大きい。彼がこちらの髪に顔を埋めて言った。

「今日はずっとこうしたくて、たまらなかった。君がいつもより楽しそうで、その顔が可愛くて」

「ん……っ」

唇を塞がれ、レオンの舌が口腔に入り込んでくる。

ぬめるそれを絡めるのは心地よく、気がつけば互いに舌を舐め合っていた。蒸れた吐息を交ぜながら、うっすら目を開ける。すると間近で彼の青い瞳に合い、ぐっと心を引き寄せられた。

（ああ、……わたし、この方が好き）

レオンの顔立ちは秀麗で、整った造作の中に男らしさがあり、銀に近い金色の髪がそれを引き立てている。

三年前に初めて森で会ったときも、端整な容貌にドキリとした。しなやかな長身や長い手足なども目を引くが、ここ最近のアレクシアは彼の内面に心惹かれてやまない。

レオンは王配として公務を精力的にこなす一方、夜会や貴族の集まりに積極的に顔を出し、着実にブロムベルクでの人脈を広げていた。それでいて疲れた様子は微塵も見せず、いつもアレクシアの大変さのほうを気遣ってくれる。

ベッドでは情熱的で、自身の欲求よりこちらを感じさせるのを優先し、充分に高めたあとで中に押し入ってきた。そのせいか二度目からは苦痛がなく、アレクシアは彼に抱かれることへの抵抗がなくなっていた。

ようやくキスが途切れたところで、アレクシアは目の前のいとしい夫を見つめ、想いを込めてささやく。

「レオンさま、好き……」

「俺もだ。毎日抱いても飽きないくらい、君に惹かれてる」

ベッドに押し倒され、覆い被さる身体を受け止める。

レオンの唇が肌をなぞり始め、じわじわと体温が上がっていくのを感じた。大きな手が胸のふくらみをつかみ、先端をじっくりと舐める。音を立てて吸われるとじんとした愉悦がこみ上げ、脚の間が潤むのがわかった。

「は……っ、ぁ……っ」

左右の胸を代わる代わる愛撫され、先端がピンと尖る。

唾液に濡れ光る様は淫らで、それを上気した顔で見つめるアレクシアは足先を動かした。

するとレオンが身体を起こし、片方の脚をつかんで足先を口に含む。

「れ、レオンさま、おやめください。そんな……っ」

アレクシアが動揺して声を上げると、彼は事も無げに言った。

「シアの身体なら、どこだって舐められる。君は足の指もきれいだな」

「んん……っ」

濡れて柔らかな舌が足先を舐める感触は強烈で、ゾクゾクとしたものが背すじを走る。

これまで意識したことはなかったのに、そこが思いのほか感じる場所だとわかり、どう反応していいかわからなかった。

指の一本一本を丁寧に舐められ、踝（くるぶし）からふくらはぎへと唇を這わせられる。次第に呼吸が乱れていくのは、レオンに丸わかりだ。彼の唇が太ももの内側に触れ、少し強めに吸われると、ツキリとした痛みと共に肌に赤い跡が残った。

アレクシアの片脚を肩に担ぎ上げたレオンが秘所に触れ、そのまま指を挿入してきた。

「んっ、ぅ……っ」

既に蜜を零していたそこはたやすく指を受け入れ、きゅうっと絡みつく。中に挿れる指を増やしてゆっくりと抽送しながら、彼がひそやかに笑った。

「君のここは狭いのに、よく濡れる。ほら、もう指を根元まで受け入れてるのがわかるだろう」

「……っ」

ゴツゴツとした感触が隘路を行き来し、内壁を擦られてますます愛液の分泌が多くなる。痛みはなく、身体の内側をなぞられると甘い愉悦がこみ上げて、指を締めつける動きが止まらなかった。そうしながらも身を屈めたレオンが胸の先端に吸いついてきて、アレクシアは高い声を上げる。

「あっ……！」

強く吸われると痛みと紙一重の快感があり、それに呼応して隘路がビクビクとわななく。彼の指がひときわ奥まで入り込み、感じやすいところをぐっと押し上げた。一気に昇り詰めたアレクシアは、背をしならせて達する。

「はぁっ……」

熱い愛液がどっと溢れ、レオンの手を濡らす。

体内から指を引き抜いた彼は、突然アレクシアの腕を引いて身体を起こした。

「れ、レオンさま？」

体勢を入れ替えたレオンがクッションにもたれ、アレクシアの身体を自身の上に引き寄せる。そして欲情に濡れた目でこちらを見つめ、ささやいた。

「今日は君が上に乗ってくれるか？」

「えっ」

「自分で受け入れるところを、俺に見せてほしい」

彼の言わんとしていることを理解した途端、かあっと頬が熱くなる。

いつもはレオンにされるがままで、アレクシアは自分で動いたことはない。自分から昂ぶりを体内に受け入れるなど、想像しただけで恥ずかしくて頭が煮えそうだった。

（でも……）

彼がそう求めているのなら、できるかぎり応えたい。

妻として夫を満足させたい気持ちでいっぱいになったアレクシアは、ぎこちなく頷く。

そしてレオンの腰を跨ぎ、屹立に手を添えて、そっと蜜口にあてがった。

「ん……っ」

腰を下ろすと切っ先がめり込み、圧迫感をおぼえる。

亀頭をのみ込んだあとはますますそれが強くなり、内臓がせり上がるような質量にアレクシアは喘いだ。彼の肩につかまってじりじりと腰を落としていくうち、根元まで埋まる。身の内でドクドクと息づく楔を感じながら息を吐くと、レオンがねぎらうように髪を撫でてきた。

「上手にのみ込めたな。いつもより締めつけがきつくて、気を張ってないとあっさり達ってしまいそうだ」

「ぁ……っ」

後頭部を引き寄せて唇を塞がれ、口腔に入り込んできた舌にアレクシアはくぐもった声を漏らす。

どこもかしこもいっぱいにされる感覚は苦しいのに気持ちよく、一分の隙もなく密着した隘路が楔を断続的に締めつけていた。彼がこちらの太ももに触れて動くように促し、アレクシアは口づけながら腰を揺らし始める。

自分の体重がかかるせいか、いつもより剛直の太さや質量を生々しく感じ、そろそろとしか動くことができない。だが内壁を擦られる感触には快感があり、次第に愛液の分泌が多くなっていくのがわかった。

「うっ……ん、は……っ」

舌を絡めながら腰を動かし、奥まで入り込んでくる屹立に眩暈がするような愉悦をおぼ

える。

口づけを解いて貪るように息を吸い込んだアレクシアは、ふいに腰をつかんだレオンにぐっと突き上げられ、声を上げた。

「んぁっ！」

「は……っ、すごいな。きついのにぬるぬるで、ほら、奥まで挿入る……」

「あっ、あっ」

自分で動くのと彼に突き上げられる感覚はまるで違い、すぐに余裕がなくなったアレクシアは目の前のレオンの頭を掻き抱く。

するとは胸のふくらみにキスをしながら、彼が下から律動を送り込んできた。

「はぁっ……ん……っ……あ……っ」

突き上げられるたびに目が眩むほどの快感をおぼえ、アレクシアは息を乱す。

こうして抱き合うのは嫌ではなく、むしろレオンの愛情を感じられてうれしい。彼に求められると自分という存在に価値があるように思え、触れ合う素肌の感触と抱きしめてくる強い腕に安堵していた。

（あ、もう駄目、きちゃう……っ）

じりじりと高まったものが今にも弾けてしまいそうになり、アレクシアはレオンにしがみつく腕に力を込める。

すると何度目かの律動で剛直が感じやすいところを抉り、声を上げて達していた。

「あ……っ！」

隘路が収縮し、中に挿入っている楔をきつく食い締める。

その動きにぐっと息を詰めたレオンが、アレクシアの背中を支えながらベッドに押し倒し、膝をつかんで深く腰を入れてきた。

「んぁっ！」

ずんと深く突き上げられ、そのまま始まった激しい抽送にアレクシアは喘ぐ。

達したばかりの内部は敏感で、どんな動きをされても気持ちよく、柔襞がわななきながら屹立を締めつけていた。こちらを見下ろす彼は余裕のない表情をしており、乱れた髪や汗ばんだ額などが常とは違っていて、いとおしさをおぼえる。

何度も腰を打ちつけながら、レオンが押し殺した声で言った。

「……っ、もう出していいか」

「は、はい……っ」

二度、三度と激しく自身を突き入れた彼が、やがてぐっと息を詰める。

切っ先を子宮口に押し当てて射精され、アレクシアは小さく声を上げた。ドクドクと放たれる飛沫は熱く、隘路を満たしていって、じんわりと染み渡っていくのがわかる。

全身が心臓になったかのように鼓動が速く、肌がすっかり汗ばんでいた。レオンが充足の息をつきながらこちらを見下ろし、アレクシアの頬に触れながら言う。

「召し使いたちが入浴の準備をしてくれたはずだから、お湯が冷めないうちに入ろう」

「レオンさまが……お先にどうぞ。わたくしは少し疲れてしまって」

強い疲労感をおぼえながらアレクシアが告げると、彼は微笑んで言う。

「俺が運んでやるから、心配しなくていい。ほら」

「あ、……」

抱きかかえて浴室まで運ばれたアレクシアは、レオンと一緒に湯に浸かる。

召し使いたちが用意したときは熱湯だったはずだが、今は快適な温度になっていた。彼の身体を洗おうとしたものの、逆に甲斐甲斐しく世話をされてしまい、おまけに再び抱かれることになってしまったアレクシアは、浴槽の縁に手をついて後ろから貫かれながら喘いだ。

「……レオンさま……っ、ぁ……っ」

「シア……」

――その夜のレオンは、旅行先という開放感もあるのか何度もアレクシアを抱いた。

疲労困憊で眠りに落ちたアレクシアは、自分が一体いつ就寝したのかわからない。気がつけば朝になっていて、まだ薄暗い時間に彼の裸の腕に抱き込まれて目を覚まし、ドキリとした。

(わたし、こんな姿のまま寝てしまうなんて、はしたない……。でも)

レオンの寝顔が間近にあり、じんわりと面映ゆさをおぼえる。

いつもは彼のほうが先に目覚めているため、こうしてじっくりと見つめることはない。まるで彫刻のように整った顔に前髪が乱れ掛かり、思いのほか睫毛が長いのがわかる。規則正しい寝息を立てる様はとても穏やかで、それを見たアレクシアの胸がきゅうっとした。

(レオンさまと、こうして旅行に来られてよかった。馬車の中や一緒に食事をするときにたくさんお話ができたし、何だか絆が深まった気がする)

そんなことを考えていると、ふいにレオンが目を開き、アレクシアの心臓が跳ねる。

宝石のように澄んだ青い瞳がこちらを見つめ、ふっと微笑んで言った。

「ずっと俺を見つめて、一体何を考えていたんだ？　まだ夜が明けたばかりなのに」

「お、起きていらっしゃったんですか？　てっきり熟睡なさっているかと思いましたのに」

「君が身じろぎした瞬間から、目が覚めてる。戦場に身を置いてきた者の習性だな」

それを聞いたアレクシアは驚き、彼に問いかける。

「ではまだ気持ちがすれ違っていた頃、わたくしが深夜にそっとベッドに入ったときも、本当は起きていらしたのですか?」

「ああ。シアが物言いたげに背中をじっと見つめているのに、俺は気づいていた。だがどういう態度を取っていいかわからず、知らないふりをしていたんだ」

レオンが申し訳なさそうな顔をし、アレクシアの髪を撫でて言った。

「悪かった。あのとき、俺がちゃんと向き合う努力をしていたら君を長いこと苦しめずに済んだのに、一方的な考えに凝り固まっていて素直になれなかったんだ」

「いいのです。今はこうして、わたくしに真摯に向き合ってくださっているのですから」

彼がこちらの身体を抱き寄せ、裸の胸に頬を寄せたアレクシアは、幸せな気持ちでいっぱいになる。腕の中に深く抱き込まれると、もうレオン以外何もいらない気がした。彼が頭上で笑って言った。

「こうして過ごす日が、あと一週間くらいあったらよかったな。今日は王宮に行って社交、明日は一日かけてブロムベルクに戻るなんて、あまりに過密スケジュールすぎる」

「申し訳ありません。わたくしが早く首都レームに戻らなければならないものですから」

「まあ、仕方ない。もしヘルツェンバインの王宮に行って何か戸惑うことがあったら、俺に言ってくれ。すぐに対処する」

「ありがとうございます」


　朝のうちにハーゲンの館を出発して馬車に揺られること五時間、昼過ぎにヘルツェンバインの首都アルムガルトに到着したアレクシアは、レオンの案内で王宮に向かった。

　そして国王夫妻に謁見し、挨拶する。

「ブロムベルク王国の女王、アレクシア・ヘレナ・ブロムベルクです。このたびはヘルツェンバインを訪れることをご快諾いただき、深く感謝いたします」

　アレクシアはブロムベルク王国の国主でヘルツェンバインの国王とは対等なため、謁見の際に跪きはしない。

　口調もへりくだることはないようにオスヴァルトから厳に言い含められており、内心緊張しながら背筋を伸ばして挨拶したところ、五十代とおぼしき国王が微笑んで答えた。

「アレクシア女王がヘルツェンバインを訪れてくれ、非常にうれしく思う。私は国王のデイートフリート・ヨルク・ヘルツェンバイン、こちらは妃のアウレリアだ」

「ようこそ、アレクシア女王。お会いできてうれしゅうございますわ。国内で大きな宗教行事があったため、戴冠パレードに出席できず大変失礼いたしました。長子アルベルトが昨日こちらに戻り、とても華やかだったと報告してくれましたのよ」

「はい。アルベルト殿下とイリーナ妃殿下には、和やかにお話ししていただきました」

優しげな容貌の王妃が「レオンもお久しぶりですね」と言ってレオンに視線を向け、彼が頷く。

「父上、母上、お久しぶりです。今日は私の伴侶であるアレクシア女王をお連れしました」

型どおりの挨拶が終わったところで、国王が私的なお茶に誘ってくれる。

そして改めて別室で顔を合わせると、彼は穏やかな表情で言った。

「アルベルトから話を聞いていたが、アレクシア女王がこんなにも美しい方だとは驚きだ。即位されて間もないが、国内は現在落ち着いておられるのかな」

「はい。閣僚を始めとした者たちが支えてくれておりますので、慣れない中でも何とか公務をこなせております」

ここまで来るのにひどく緊張していたアレクシアだったが、国王夫妻は揃って物腰が柔らかく、少しずつ打ち解けてくる。

（元々は敵国同士で、わたしに対しても思うところがあるかもしれないのに、国王陛下も

王妃殿下もそういった感情はまったく表に出さない。きっと気を使ってくださっているんだわ)

彼らに感謝の念を抱きつつも、この国のすべての者たちがそうした考えを持っているわけではないため、アレクシアは気を引き締める。女王が他国の王宮を訪れたのだから、これは外交だ。ブロムベルクの国主として、恥ずかしくない振る舞いをしなければならない。

その後はレオンの仲介で要人たちと顔を合わせ、今日の宿泊のために用意された部屋に向かう。そして着替えと身支度を念入りにこなし、夕方から王家主催の晩餐会に参加した。

(わ、すごい……)

王宮内にある大広間は、豪華絢爛な雰囲気だった。

高い天井には宝石のように豪奢なシャンデリアがいくつもきらめき、壁面の羽目板には聖人や草花を象った精巧な木彫り装飾がびっしりと施されている。磨き上げられた調度はどれも金で加飾されており、あちこちに生けられた花が華やかだった。

長いテーブルがいくつも並べられ、その上に整然と置かれた皿とカトラリーがシャンデリアの灯りを反射して燦然と輝いている。既にたくさんの人々が席に着いていて、国王の挨拶とアレクシアの紹介のあとで食事が始まったが、王族や閣僚、聖職者などが集まった晩餐会は盛大なものだった。

レオンの兄妹たちも参加しており、アルベルトともう一人の兄であるクラウスは何となく彼に面影が似ていて親近感が湧く。妹のアンネリーゼは十七歳で、潑剌とした雰囲気の彼女は積極的に話題を振ってくれ、アレクシアは和やかに歓談することができた。

食事が終わったあとは舞踏会が開催され、ヘルツェンバイン国内の貴族や上流階級の者たちも数多く参加していた。今回アレクシアに同行した外務大臣のフォルバッハは要人たちと接触を持ち、積極的に情報交換をしているようだ。

アレクシアは最初に夫であるレオンに誘われてダンスをしたが、楽団の演奏に合わせて身体を揺らしながら彼が小声で問いかけてくる。

「あちこちから話しかけられてずっと喋りどおしだが、疲れていないか?」

「大丈夫です。皆さんとても友好的に接してくださって、感謝しています」

本音ではどうかわからないものの、表向きは穏やかに接してくれるのはありがたい。

とはいえ他の貴族に誘われて立て続けに三曲踊ると疲れを感じ、アレクシアは壁際に下がった。すると付き添い役をしてくれているヘルツェンバインのダウデルト公爵夫人が、「お飲み物をお持ちいたしましょうか」と申し出てくる。

「お願いしていいでしょうか。できればワインではなく、さっぱりしたジュースで」

「かしこまりました。お待ちくださいませ」

彼女が去っていき、何気なく会場内を見回したアレクシアは、少し離れたところにいるレオンがバルコニーのほうに歩いていくのを見かけた。

（レオンさま、外の風に当たりに行ったのかしら。わたしも行こう）

フロアで踊る人々を横目に歩き、アレクシアは彼が消えたバルコニーに向かう。護衛騎士が二名ついてくるのが少々煩わしいものの、彼らの仕事は自分の警護のため、仕方ない。

バルコニーへの出口には緋色の緞帳（どんちょう）が掛かっており、アレクシアはそれをめくった。その瞬間、思いがけないものが目に飛び込んできて、その場に立ちすくむ。

「――……」

バルコニーは建物の側面をグルリと囲む形で広く、彫刻が施された優美な手摺（てす）りがついており、かすかに吹き抜ける夜風が心地よかった。

月明かりが辺りを柔らかく照らす中、数歩離れたところにレオンと見知らぬ令嬢が立っている。彼はこちらに背を向けていて、水色のドレスを着た十代後半とおぼしき令嬢がレオンに抱きつくところだった。

彼女が沈痛な声音で言った。

「こうしてまたお話しできる機会を、ずっと待っておりました。――レオンさまにお会いしたくて」

「……ディアナ嬢」

「あなたが突然ブロムベルク王国に行かれると聞いたとき、わたくしはショックを受けました。しかも女王の王配になるなど、寝耳に水です。レオンさまは、わたくしの婚約者だったはずなのに」

アレクシアの心臓が、ドクリと音を立てる。

レオンに抱きついている令嬢は、かつて彼と婚約していたらしい。レオンにそんな存在がいたのは予想外で、アレクシアは密かに混乱した。

（もしかしてレオンさまは、元々婚約者がいたのにわたしと結婚した？　確かに最初、「自ら望んだ婚姻ではなく、断ろうとしたのを押しきられた形だ」って言っていたけど……）

そんなこちらをよそに、ディアナと呼ばれた令嬢がレオンの胸に縋りついて言う。

「わたくしは婚約した二年前から、レオンさまの妻になることだけを夢見てきました。それなのに、突然隣国の女王の夫になるだなんてひどすぎます。あなたを想い続けたこの気持ちは、一体どうしたらいいのですか？　わたくしのことなど、もうどうでもいいとお考えなのですか」

二人の様子を見ていられなくなったアレクシアは、そっと緞帳の傍から離れる。

そして先ほどダウデルト公爵夫人と別れた場所まで戻りながら、じっと考えた。

（さっきの令嬢、泣いてた。……レオンさまのことを、きっと本当に好きだったのだわ）

ならば、レオンのほうはどうなのか。三年前にブロムベルクの森で会った頃の彼は、アレクシアに好意を抱いていた。しかし陥れられたのだと思い込み、以来アレクシアを憎んでいたという。

その後国に戻ってディアナと婚約したのなら、レオンは彼女を愛していたのかもしれない。なのに連合からアレクシアの王配となるように強く要請され、断れなかったのだと考えれば、辻褄（つじつま）が合う。

（そうよ。「もう結婚してしまったのだから」とわたしを愛する努力をしてくれているけど、もしあの令嬢と婚約していたときに本気で好きだったら？　わたしとの結婚生活は、レオンさまにとって妥協なのかもしれない）

彼と想いが通じ合い、今回の旅行で蜜月を過ごしていたつもりでいたアレクシアは、冷や水を浴びせられた気がした。

ディアナと再会したレオンの中でもし彼女への気持ちが再燃していたらと思うと、たまらなくなる。もしかすると、彼は今までのようにアレクシアを愛してくれなくなるかもしれない。それどころか連合の圧に屈してブロムベルクの王配となったことを後悔し、妻であるアレクシアを疎ましく思うようになるのも充分に考えられる。

「女王陛下、お探ししたのですよ。どちらに行っていらしたのですか？」

慌てた様子のダウデルト公爵夫人が話しかけてきて、アレクシアはぎこちなく謝った。

「ごめんなさい、ちょっと風に当たりたくて」

「まあ、さようでございましたか。少しお顔の色が悪うございますが、お疲れになりましたか？」

「ええ。そうね」

「大変。一足先に退出し、お部屋でお休みになられたほうがよろしいですわ。大臣に伺いを立てて参りますので、少々お待ちくださいませ」

彼女が内務大臣の元に向かい、護衛騎士の一人が「椅子にお掛けになられますか」と言ってアレクシアのためにしつらえられた上座の椅子を勧めてくれる。

それに礼を言ったアレクシアは腰を下ろしつつ、先ほどの緞帳に視線を向けた。レオンとディアナは、まだ大広間に戻っていない。二人が一体何をしているのかと思うと胃がぎゅっと引き絞られ、かすかに顔を歪めた。

胸に渦巻くのは、悲しみとやるせない感情だ。少し前までは彼の愛情を得るのを諦め、せめて女王として認められようと考えていた。なのにひとたび心が通じ合うと貪欲になってしまい、レオンのすべてが欲しくなっている。そんな自分が浅ましく、どう気持ちの折り合いをつけていいのかわからなかった。

（わたしはどうしたらいいのかしら。夫婦でいる事実は揺るがないのだから、何も知らなかったふりをするべき？　それとも二人の会話を聞いたのを正直に話し、あの方の真意を問い質したほうがいい……？）

今すぐには対応を決めかねて、アレクシアは唇を引き結ぶ。

心がひどく乱れていたものの、こんなときでも女王として気を張っていなければならず、気持ちを心の奥底に押し込めて背すじを伸ばした。目の前で踊る人々は皆着飾っていて、大広間は華やいだ空気に満ちている。

これほどたくさんの人の中にいながら、どうしようもない孤独を感じつつ、アレクシアは前を向いて座り続けた。

第九章

ヘルツェンバイン王国への二泊三日の旅行は、過密スケジュールながらも平穏に終わった。

レオンの両親である国王夫妻や兄妹たちはアレクシアを温かく迎えてくれ、彼女のほうも女王らしい態度を保ちつつ丁寧に家族に接していて、和やかな雰囲気の中で双方を紹介することができてホッとした。

(でも……)

長時間の移動とたくさんの人々に接したせいで疲れたのか、帰りの馬車の中でのアレクシアはひどく言葉少なだった。

無理もないと考えたレオンは「俺にもたれて、少し眠るといい」と彼女を促し、アレクシアを休ませた。丸一日かけて移動し、日が暮れた頃にブロムベルクの王宮に帰りついたあとは、オスヴァルトや閣僚たちからの報告が相次いで彼女は休む暇もない。

結局寝室に来たのは深夜で、アレクシアはレオンの顔を見て問いかけてきた。

「起きて、待っていてくださったのですか？」

「ああ。俺一人が先に眠るのは、君に申し訳なく思って」

レオンが掛布をめくって「おいで」と誘うと、彼女は躊躇いの表情でつぶやく。

「申し訳ありません。今日は旅行から帰ってきたばかりで疲れておりますから、あの……」

「わかってる、何もしない。そこまで君に負担をかけるつもりは毛頭ないから、安心してくれ」

ただ抱きしめて眠りたいだけだと告げると、アレクシアはようやくベッドに入ってきた。

その華奢な身体を抱き寄せ、肩まで寝具を掛けてやったレオンは、彼女の髪にキスをしてささやく。

「さあ寝よう。おやすみ」

「……おやすみなさい」

翌日から通常どおりの日常が始まり、レオンもアレクシアも互いの公務で忙殺された。

仕事の内容で一緒になることがなく、枢密院議会で顔を合わせる程度だが、今までは昼食や夕食をできるかぎり一緒に取り、日中に顔を合わせられるようにしていた。

しかし旅行から帰ってきてからというもの、アレクシアの元に使いを出しても悉く断られる。夜も会食や勉強で寝室に来る時間が遅くなり、レオンは悶々としていた。

(あまり遅い時間に彼女を抱くと、翌日の公務に差し支える。疲れさせるのは忍びないし、ただ腕に抱いて眠れるだけでもうれしいが……)

まだ新婚のこの時期、彼女の柔らかな身体や花のような香りを嗅ぐと、劣情が刺激される。それを理性で押し込めて何もせずに眠るものの、一週間が経つ頃にはレオンはすっかり欲求不満になっていた。

(シアを抱かなくなってから、もう一週間か。今日は慈善団体の総裁就任式典で一緒になるから、夜は共に過ごせるかな)

これまでその団体の総裁は他の王族が務めていたものの、老齢の彼が「王配殿下に務めていただいてはいかがか」と申し出てきて、その就任式典が今夜開催される予定だった。

女王であるアレクシアが任命し、総裁の証である勲章をレオンに与えるため、公務が終わる時間は一緒だ。

かくして夜六時から始まった式典は、国内の貴族や上流階級の人間が多数招かれ、華やかだった。レオンは紺地に金糸で豪奢な刺繍が施された上着(ジュストコール)を身に纏い、壇上に上がってアレクシアから勲章を着けてもらう。

その後は楽団が音楽を奏でる中、人々が料理や酒を楽しみつつ歓談した。レオンは招待客たちから次々と祝辞を述べられ、雑談に興じなければならないために息つく暇がない。

ここぞとばかりに娘を紹介してくる貴族たちに内心辟易しながらも、それを表情に出さずに上手くあしらうのはストレスが溜(た)まるが、何とか笑顔でこなした。

一時間ほど経った頃に話を切り上げたレオンは、会場内を見回してアレクシアの姿を探した。しかし見つけられず、入り口にいる衛兵に「女王陛下はどちらにおられる？」と問いかけると、一人が答える。

「女王陛下は貴族の夫人たちと共に、二十分ほど前に女性用のサロンに入られました」

女王という立場上、普段は気軽に貴族の女性たちの集まりに参加できないアレクシアだが、こうした場で会話に誘われるのはいいことだ。

少し疲れをおぼえたレオンは、休憩するために大広間近くの小部屋に向かう。すると廊下の先でアレクシアが誰かと話しているのが見え、目を瞠った。

（あれは……）

彼女が一緒にいるのは、ラファエル・ヘルマン・エーレルト、つまりエーレルト公爵だ。

彼は細身でスラリとした体型と淡い金の髪、ダークグリーンの瞳の持ち主で、その容貌には王族という出自にふさわしい上品さがある。

二人は何やら親密そうに話しており、ラファエルがアレクシアの手を握っていた。しかもまるでキスでもするかのように身を寄せて、それを見たレオンは驚き、思わず「アレクシア」と呼びかける。

「レオンさま……」

彼女はどこか狼狽した様子でこちらを見つめ、ラファエルから距離を取る。

まるで見てはならないものを見られたかのような態度に、レオンはかすかに眉をひそめた。そんな彼女の横で、ラファエルが何事もなかったような顔で微笑む。

「ご機嫌うるわしゅう、王配殿下。本日はおめでとうございます」

「ありがとう、エーレルト公爵」

彼はニッコリ笑って説明した。

「実はアレクシア……いえ、女王陛下に、領地の土産を渡していたのです。先ほどまで女性専用のサロンにいらっしゃったのですが、離宮に長くいらした陛下はああした集まりが苦手なようでして。僭越ながらお声をかけさせていただき、廊下でこうしてお話をしておりました」

ラファエルの言葉の端々からはアレクシアとの親密さが窺え、レオンは複雑な気持ちになる。

彼らは従兄妹同士なのだから、親しく言葉を交わしていても何らおかしくはない。だが先ほどのように手を握ったり、身体を寄せたりするのは、少々やりすぎではないか。

（でも……）

この場で苦言を呈するのは男として狭量な気がして、レオンは言葉をのみ込む。

レオンはアレクシアの夫だが、それ以前にこの国の王配という高い地位にいる。その立場から目下である貴族に物申すのは、権力を盾に威圧するようであまりよろしくないだろう。そう自身を戒めたレオンは、彼に対して冷静な口調で言った。

「わざわざ気を使って彼女を連れ出してくれたこと、感謝する。アレクシアと話をしたいんだが、いいかな」

しかしその瞬間、顔をこわばらせたアレクシアが「いえ」と声を上げる。

「わたくしはもう少しラファエルと話をしたいと思います。ラファエル、つきあっていただける？」

するとそれを聞いたラファエルが眉を上げ、微笑んで答えた。

「もちろん。君がそう言うなら、いつまでだってつきあうよ、アレクシア」

気安い口調で言葉を交わす二人を見たレオンは、言葉を失くす。

自分の前でこんな会話をする彼らは、本当にただの従兄妹同士なのだろうか。内心ひどく動揺したものの、何とか表情を取り繕ったレオンは、「そうか」とつぶやく。

「邪魔をしてすまなかった。では私は失礼する」

「はい。王配殿下、ごきげんよう」

＊　＊　＊

踵を返したレオンが、大広間のほうに去っていく。その後ろ姿を見送ったアレクシアは、かすかに顔を歪めた。

（わざわざ探しにきてくれたレオンさまを、追い返してしまった。……しかも誤解されてしまうような形で）

本来ならラファエルとの話を切り上げ、彼と一緒に行くべきだったのだろう。

しかしアレクシアは、どうしてもこの場に留まりたい理由があった。隣に立つラファエルに向き直り、こわばった顔で彼に問いかける。

「さっきの話の続きだけれど。――レオンさまが怪しい動きをしてるって、一体どういうことなの？　ラファエル」

内務大臣のグレーデンの妻に誘われ、アレクシアはつい先ほどまで女性たちが座って歓談できるサロンにいた。

しかし元々離宮育ちで貴族の知り合いが少なく、その上内気な性質のアレクシアは、積極的に会話に加われずにいた。気を使った夫人や令嬢たちがあれこれと話題を振ってくれるものの、当たり障りのない返ししかできず、自己嫌悪に陥ってしまう。

（わたしって、いつもそう。女王という立場だから皆気を使ってくれるけど、気の利いた返しができない）

そんな折、侍従が「エーレルト公爵が、女王陛下にお目通りを求めております」と耳打ちしてきたことは、サロンから退出する恰好の口実になった。

廊下で待っていたラファエルは、アレクシアの顔を見るなり「君が女性たちと会話できずに困っていたようだから、助け船のつもりで呼び出したんだ」と言って笑った。

従兄妹として親しくつきあうようになった頃から彼はこうした気遣いが上手く、それを聞いたアレクシアは感謝の念を抱くと共に、「このあいだの発言は、やはり冗談だったのだわ」と考えた。

（「僕を秘密の恋人にして子どもを作ればいい」って言われたときは、あまりに思いがけ

なくて驚いた。でもラファエルはそのあと「冗談だった」って言って謝ってきたし、この様子だと本当に気にしすぎだったみたい）

聞けばラファエルは領地であるコースフェルトから戻ってきたばかりで、そこの鉱山で採れた宝石をアクセサリーに加工して土産に持ってきてくれたらしい。

青く輝く宝石は美しく、指輪に仕立てられていて、彼が手ずから指に嵌めてくれた。しかしその後もラファエルはこちらの手を握って離さず、アレクシアは戸惑ってつぶやいた。

『ラファエル、あの……手を離して』

『アレクシア、前も言ったけど僕は君の味方だ。幸せになってほしいと思ってるし、できるかぎり力になりたいと考えている』

彼は「でも」と言い、こちらの耳元に顔を寄せて言葉を続けた。

『アレクシアは知ってるかな。――王配殿下が、君に隠れて怪しい動きをしているのを』

『えっ……？』

驚いてラファエルの顔を見た瞬間、広間からやって来たレオンが声をかけてきて、アレクシアはひどく動揺した。彼は「話がしたい」と申し出てきたが、ラファエルの発言の真意を確かめるのが先だと思い、それを断って今に至る。

アレクシアが問いかけると、彼はレオンが去っていった方向を見つめながら言った。

「王配殿下を追い返してよかったの？　最近の君たちは仲睦まじいと評判だったし、だからこそヘルツェンバイン王国に旅行まで行ったんだろうに。それなのにあんな言い方をしたら、彼は僕たちの仲を誤解したかもしれないね」

「それは……」

――ここ最近のアレクシアは、レオンを避けている。

理由は、彼と元婚約者の令嬢が密会していた光景を見てしまったからだ。自分以外の女性を愛しているかもしれないレオンに抱かれるのがつらく、かといって彼を問い詰める勇気もなく避けているうち、気がつけば一週間が経っていた。

アレクシアは苦い思いを噛みしめつつ、ラファエルを見つめて再度口を開く。

「質問しているのはわたしでしょう、ラファエル。さっきの発言は、一体どういう意味？」

すると彼はこちらに視線を戻し、肩をすくめた。

「僕も聞いた話だから、真実かどうかわからないけど。王配殿下は最近、公務の合間を縫って素性のわからない者たちと頻繁に会っているそうだよ。社交界では、ブロムベルクの情報を漏洩しているんじゃないかと噂になってる」

「レオンさまは、そんなことはしないわ。あの方は王配として一生懸命公務をこなしてらっしゃるし、わたしのことも気遣ってくれていて……」

「そうかな。ヘルツェンバイン王国は、ブロムベルクと長く敵対してきた国だ。いくら連合五ヵ国の意を受けて君と結婚したとはいえ、内心は納得してないかもしれないだろう。王配という地位を利用し、自分が知った情報を他国に漏らしているというのは、充分ありえる」

〝内心は納得していない〟という言葉を聞いたアレクシアの胸が、ドクリと跳ねる。

確かにレオンには国に婚約者がおり、アレクシアと結婚するために彼女と引き裂かれた形だ。もし彼がそれを恨みに思っており、ブロムベルクの情報を他国に流していたら――そんな想像をし、アレクシアはグルグルと考える。

(そうよ。わたしはレオンさまと気持ちが通じ合ったと思っていたけど、もしそれがあの方の計画だったら？　自分に愛されているのだとわたしに思い込ませ、あとで裏切ることでダメージを与えようと考えていたのかもしれない)

思考がどんどん悪いほうへと傾いていき、アレクシアは青ざめた顔で立ち尽くす。

それを見つめたラファエルが、同情の眼差しで言った。

「ごめん、不安にさせるようなことを言って。でも王配殿下はアレクシアの夫だし、君は女王だから、耳に入れておいたほうがいいと思ったんだ」

「……そう」

アレクシアは顔を上げ、彼にぎこちなく礼を述べる。

「ありがとう、ラファエル。わたしにそんな話を聞かせてくれる人はいないから、とても助かるわ」

「あくまでも噂だよ。彼を信じるかどうかは、アレクシア次第だ」

――それからアレクシアは、ますますレオンを避けるようになった。

ラファエルからもたらされた疑惑の芽は日に日に大きくなっていき、公務に出掛けるレオンの様子を注意深く観察してしまう。その一方で彼と二人きりになるのを避け、連日勉強や会食を口実に寝室に行く時間が遅くなるのは、まるで以前に戻ったようだった。

レオンは多忙なこちらの身体を慮り、毎日一緒に眠るだけで抱こうとはしない。それでも欲求不満をおぼえているのは何となく雰囲気でわかって、アレクシアはそれに応じられない自分に忸怩たる思いを抱いた。

（わたしはこの方の妻なのに、抱かれたくないと思うのは我儘なのかしら。でもレオンさまが本当はわたしを愛してないのかもしれないと思うと、身を委ねることがどうしてもできない……）

執務室で一人になると涙がこみ上げ、アレクシアは胸の痛みを押し殺す。

何の憂いもなくレオンの愛情を信じて彼に抱かれていたときのことが、遠い昔のように思えた。こんなに苦しいなら彼と話し合えばいいのに、それができない。レオンの本音を聞いたら自分たちの亀裂が決定的になりそうで、二の足を踏んでいた。

（いつまでも、忙しさを言い訳にはできない。でもどうしたら……）

そうするうち、アレクシアの元に不穏な知らせが届いた。

「内乱、ですか？」

「はい。南部にあるバラーシュで、ブロムベルクからの独立を主張する一派が反乱を起こしました。現在州候であるハルヴァート卿が軍を率い、鎮圧に当たっています」

独立派は数百人規模で、軍とは兵力が雲泥の差のため、心配いらないとオスヴァルトは語る。だがアレクシアの胸には、じわじわと不安が広がっていた。

（お兄さまが王だった頃は、内乱なんて聞いたこともなかった。やっぱりわたしが女王である事実に、不満を持つ人たちがいるってこと？）

バラーシュは国土の南側にある地域で、首都レームからかなり離れており、戦況は軍鳩(ぐんきゅう)に括りつけられた書簡で報告される。

内乱勃発の知らせから二日経過し、ハルヴァートが率いる軍が独立派を鎮圧したという知らせがきたときは、心からホッとした。閣僚たちが集まった軍議の場で、軍務大臣のマイヤーハイムが自信満々に言う。

「ブロムベルク軍はこれまでその武勇で近隣各国を圧倒してきたのですから、烏合の衆などに負けるはずがありません。むしろ女王陛下がそのように不安な顔をされては、士気に関わりますぞ」

「そうですね。すみません」

「現地では、首謀者たちの尋問が進められているといいます。詳細はすぐに明らかになるでしょう」

軍議のあと、公務のために執務室に向かおうとしたアレクシアは、廊下で枢密院議長のフーゲンベルクに呼び止められる。

「女王陛下、少々お時間よろしいでしょうか」

先ほど軍議の場では発言せず、こうして個別に声をかけてくるということは、内密の話があるということだ。アレクシアが執務室に誘うと、フーゲンベルクは侍従たちがいなくなったタイミングで口を開いた。

「このたびの内乱、無事に鎮圧できてようございました。さすがは戦上手で知られるハルヴァート卿、迅速でお見事でしたな」

「ええ。安心しました」

「実はその内乱に関して、気になる噂が流れているのです。女王陛下はお聞き及びでしょうか」

「いいえ、わたくしは何も……。何でしょう」

アレクシアが戸惑いをおぼえながら彼を見つめると、一瞬口をつぐんだフーゲンベルクはやや声をひそめて言う。

「――今回の内乱を陰で指図したのは王配殿下だという噂が、まことしやかにささやかれております。昨日、枢密院議会が始まる前の議場では、あちこちでその話題で持ちきりでした」

「……そんな」

あまりの発言に、アレクシアは絶句する。

レオンが内乱に関わっているなど、そんなことがあるのだろうか。しかしその瞬間、数日前にラファエルから聞かされた「王配殿下は最近、公務の合間を縫って素性のわからない者たちと頻繁に会っている」という言葉が脳裏によみがえった。

（ラファエルは、レオンさまがブロムベルクの情報を漏洩しているという疑惑が社交界で噂になっていると言っていた。議会に広まっている噂は、その派生？　それとも……）

本当にレオンがアレクシアを裏切り、内乱を起こすよう指示したのだろうか。青ざめるアレクシアを見て、フーゲンベルクが落ち着いた口調で言う。

「王配殿下に関する話は、まだ推測の域を出ておりません。殿下がかつて我が国と敵対していたヘルツェンバイン王国ご出身ということもあり、反感を抱いている者たちが故意に流した噂だという可能性もございます」

「……そうですね」

彼はことさら騒ぎ立てる雰囲気ではなく、事実を報告したかったようで、一礼して執務室を出ていった。残されたアレクシアは、執務机でじっと考える。

（さっきのフーゲンベルクの話は、ラファエルから聞いた話に通じるものがある。レオンさまが秘密裏に誰かと接触し、そして内乱を扇動したとしたら……）

自分は一体、どうするべきだろう。

アレクシアはレオンの妻である前に、この国の女王だ。もし彼が王配という地位を利用してブロムベルクの情報を他国に流していたり、何か目的があって内乱を扇動したのだとしたら、この手で断罪しなければならなくなる。

（もし疑いが真実だとして、ヘルツェンバイン王国や連合はレオンさまの動きを了承しているのかしら。だとすれば、ブロムベルクを完全に併合しようとしている……?)

ブロムベルク王国は連合に無条件降伏することで自治を認められたが、例えばそれが建前で、実際は完全に併合するのが目的だとしたら——そんな想像は、アレクシアをヒヤリとさせた。

そうなれば、この国の民がどういう扱われ方をするかわからない。それどころかアレクシア自身が処刑される可能性もあり、どんどん顔から血の気が引いていく。

何よりもショックなのは、それを推し進めているのがレオンかもしれないということだった。夫として彼を愛していたはずなのに、どんどん信じられなくなっていく自分に顔を歪めたアレクシアは、両の拳を強く握り合わせる。

(噂が事実と決まったわけじゃないんだから、落ち着かなければ。わたしはレオンさまと、まだ何も話していない)

これまでヘルツェンバインで目撃した光景が引っかかり、レオンを避けていたが、そうも言っていられない状況になってしまった。

しかし話し合った結果、疑惑が濡れ衣だった場合は自分たちの仲に亀裂が入りかねず、言い方やタイミングを慎重に見極めなければならないとアレクシアは考える。

(レオンさまは外に公務に出ているけど、噂のことを知っているのかしら。それとも知らないまま……？）

　この国に来て以来、王族らしい如才なさで着々と人脈を広げている彼だが、噂についてどこまで知っているかは未知数だ。もしかするとまったく耳に入っていないかもしれず、アレクシアはレオンとどんな顔で接していいか考えあぐねる。

　鬱々とした気持ちで未決済の書類に向き合おうとしたものの、なかなか集中できなかった。それでも何とか目を通し、わからない部分はオスヴァルトを呼んで説明してもらいながら決裁していると、突然マイヤーハイムが執務室にやって来る。

「どうしました、マイヤーハイム卿。先触れもなく女王陛下の元にやって来るのは、いかに閣僚とはいえ不敬に当たりますが」

　オスヴァルトが眉をひそめて問い質すと、彼は尊大な口調で言う。

「重大な用件にて、失礼する。早急に女王陛下のお耳に入れたいことがありまして」

「ですから――」

「構いません、オスヴァルト。マイヤーハイム卿、どのようなご用件ですか」

　アレクシアの問いかけに、マイヤーハイムが答える。

「先ほどバラーシュのハルヴァート卿から、報告がきました。内乱罪で捕縛した独立派の首謀者を尋問したところ、『今回の反乱は、王配殿下に依頼されて起こしたものだ』と発言したそうです」

「……っ」

ハルヴァートの報告によると、二週間ほど前に一人の男が独立派の首謀者に接触し、「バラーシュがブロムベルク王国から独立できるよう、支援したい」と持ちかけてきたらしい。

最初は「そう言って自分たちを踊らせ、捕縛する気だろう」と考えた首謀者は取り合わずにつれなくしていたものの、男は何度も訪れて「軍資金だ」と言って多額の金を提供した。

「武器を購入するのに充分すぎる金を手にした独立派は、一気に機運が盛り上がり、反乱を起こしたというのが事の顚末(てんまつ)だそうです。しかしブロムベルク軍の武力に負け、鎮圧されたと」

「その、軍資金を渡した男の素性は……」

マイヤーハイムいわく、決起する前日に独立派の首領が男に「自分たちを支援してくれているのは、一体どこの誰なんだ」と問いかけたところ、男はなかなか口を割らなかったらしい。しかし再三に亘る質問に根負けし、ついに答えた。

「『この国の王配殿下だ』というのが、男の答えだったそうです。殿下はブロムベルクの政治に揺さぶりをかけるべく、バラーシュの独立運動を支援したと」

アレクシアの心臓が、嫌なふうに跳ねる。恐れていたことをはっきりと口にされ、ひどく動揺していた。

（フーゲンベルクが言っていたとおりになってしまった。議会でささやかれていた話は、噂ではなかったということ……？）

マイヤーハイムが目を爛々と輝かせ、声高に訴えてくる。

「そもそも王配殿下はヘルツェンバイン王国の王子、我が国に敵意を抱いていても何らおかしくはありません。女王陛下はご存じですかな、近頃の王配殿下が公務の合間を縫い、素性のわからない者たちと頻繁に会っていることを」

「……ええ。聞いています」

「貴族たちのあいだでは、殿下がブロムベルクの国家機密を漏洩しているのではないかというのがもっぱらの噂です。いえ、もしかすると女王陛下の配偶者になったのはそれが目的で、ブロムベルクを内から崩すつもりだったとしたらいかがいたしますか？　そもそも連合に屈し、無条件降伏を受け入れたこと自体が間違っていたのではありませんかな」

ここぞとばかりに糾弾してくるマイヤーハイムを、オスヴァルトが厳しい表情でたしなめる。

「マイヤーハイム卿、言葉が過ぎます。連合への無条件降伏は、女王陛下が民を守るためにご決断されたこと、今回の内乱とはまったく別の話です」

「私はそうは思いませんな。敵国の人間を国の中枢に迎え入れたりするから、このようなことになるのです。あのとき徹底抗戦すれば、ブロムベルクの独立性は保たれたものを」

憎々しげに吐き捨てたマイヤーハイムが、アレクシアを見つめて言う。

「かくなる上は、王配殿下を今すぐ捕縛して尋問するべきです。そして容疑が固まった暁には、女王陛下との婚姻を無効にしてしまえばよろしい。最終的には連合の支配下からも脱却するべきだと思いますが、いかがですか」

居丈高に訴えてくるマイヤーハイムを前に、アレクシアは目まぐるしく考える。

これまでの断片的な情報がすべて繋がり、現状はレオンが自分やこの国を裏切っていることを如実に表していた。夫である彼の処遇をどうするか、アレクシアは大きな決断を迫られている。

（ここ最近のわたしは、あの方を避けていた。肝心なことは何も話せていないし、疑惑はいくつもある。でも――）

今の状況があまりに〝出来すぎている〟気がして、アレクシアは唇を引き結ぶ。

マイヤーハイムの勢いに圧され、軽はずみに決断してはならない。この国で自分に命令できる者は、誰もいないはずなのだ。

そう自身に言い聞かせたアレクシアは、彼を真っすぐ見つめて口を開いた。

「――『王配殿下を捕縛し、尋問せよ』と言いましたが、それはいかなる地位からの発言ですか、マイヤーハイム卿」

「それは……私は軍務大臣であるがゆえ、そう進言させていただいたまでで」

「王配は我が国で女王に次ぐ高い地位にあります。一介の大臣が委細わからぬままその処遇に口を出すなど、僭越にも程がある。撤回してください」

これまでにないほど強い口調のアレクシアに驚いた様子のマイヤーハイムは、「いや、あの」としどろもどろになる。

アレクシアが無言で見つめ続けていると、彼は咳払いして渋々といった体で言った。

「……失礼いたしました。撤回いたします」

それを聞いたアレクシアは頷き、言葉を続けた。

「それから連合に無条件降伏するのを受け入れた経緯については、わたくしはこの国の為政者として最善の選択をしました。国にとって民は宝、その重みは軍事大国の矜持などとは比べ物になりません。あれ以上民の命を失わせないためには、降伏する他に道はなかったと思います」

「………」

「そして今回の内乱の件ですが、首謀者の発言に確固たる証拠はありません。裏を返せば、名前さえ出せばいくらでもあの方を怪しいように仕立てられる。——違いますか？」

アレクシアの指摘が図星だったのか、彼は気まずそうに視線を泳がせる。オスヴァルトが隣で言った。

「女王陛下のおっしゃるとおりです。現状で王配殿下が内乱に関わっていると断定するのは、あまりに早急すぎます。近頃貴族たちのあいだで流れていた噂も、タイミング的には怪しい。まるで王配殿下を糾弾する流れに持っていきたいかのようです」

「………」

「それらを踏まえて、このあとはどのように対処されますか、女王陛下」

彼の問いかけに、アレクシアは冷静に答える。

「証拠がないからといって、すべてを不問にするつもりはありません。わたくしがレオンさまに直接真偽を問い質し、不明瞭な部分を明らかにしていただきます。それと並行して、内乱の首謀者に資金提供をした人物を特定し、捕縛してください。一体どこの誰がこのようなことを企んだのか、国家の威信を賭けて明らかにするのです」

「わかりました」

第十章

王族は国内の名誉職に就くことが多く、それがもっとも顕著なのは王の配偶者だ。

先王のユストゥスは独身だったため、先々王の時代に任命された者がそのまま名誉職を務めていたものの、ほとんどが既に高齢になっていた。必然的に女王の王配となったレオンが後任として任命されることが多くなり、ときには首都レームから離れた土地にまで行って視察や式典に出席しなくてはならない。

（せめて、馬に乗って単身で行けたら早いんだがな。体裁を気にしていちいち馬車で移動するから、無駄に時間がかかる）

しかしこうして首都から離れる機会は、好都合だ。レオンはアレクシアとの婚姻でブロムベルクを訪れた際、秘密裏に護衛騎士を数名この国に同行していた。

彼らはヘルツェンバイン王家に仕える者たちで、王族の警護をする他、市井に紛れて情報収集するのを仕事としている。わざわざ護衛騎士を連れてきたのは、首都にいると地方の内乱の予兆などがわかりづらいからだ。どこの国の王家でもこうした者たちを抱えており、ブロムベルク王国が軍国主義に傾くのを警戒している連合は、むしろ護衛騎士を連れていくことを推奨していた。

この国に来て二ヵ月弱、レオンは公務で首都レームから出るたびに彼らと会って報告を受けている。その日は水害のあった東部のランマース地方の視察に訪れていたが、そこでこの地域の農民に扮した騎士が陳情を装って接触してきて、思いがけないことを聞いた。

「――バラーシュで、怪しい動きがあるだと？」

「はい。バラーシュはブロムベルク王国の南端に位置しており、独立しようという動きが昔から何度かあったようです。ですが近年はそうした機運も下火になり、わずかな者たちが定期的に会合を開いたり、街頭演説をする程度だったそうなのですが」

騎士いわく、近頃その者たちの動きが活性化しており、傭兵を雇ったり武器を買い求めるといった気配が水面下であるらしい。レオンは眉をひそめてつぶやいた。

「そうなったきっかけについては、何かわかっているか？」

「いえ。情報を得てからまだ一週間ほどしか経っておらず、人間関係についての調査が追いついていないそうです。しかし武器の購入をしているのを考えると、彼らに資金提供をしている人物がいることは充分考えられます」

「問題は、それがブロムベルクの人間なのか、よその国の人間なのかということだな」

内乱を主導している者の立場によっては、話がまるで違ってくる。

早急に裏を取るように告げたものの、その報告がないまま一週間後に内乱が勃発してしまった。独立派は徴税官やバラーシュで商売をする富裕層の人間を人質に取り、自分たちの要求を押し通そうとしていて、その地方を領地とするハルヴァート侯爵が率いる軍と衝突した。

（内乱の兆候があるという情報をつかんでいたのに、それを防げなかった。俺も護衛騎士もまだこの国での人脈を完全に構築できておらず、誰が独立派に資金を提供したのかを探りきれていなかったからだ。……くそっ）

王配は閣僚会議に出席する権限がないため、アレクシアを始めとする国の上層部がどんな話し合いをしているかを知るすべはない。

王宮内の召し使いは既に何人か買収しているが、そうした会議のときは部外者が外に出されてしまうため、内容がわからなかった。

そもそもレオンは、この半月ほどアレクシアとぎくしゃくしていてほとんど話ができていない。彼女は明らかにこちらを避けているが、原因がまったくわからず、手をこまねいていた。

（シアの態度が変わったのは、ヘルツェンバインから帰ってきてからだ。もしかして、俺の家族に何か言われたのか？　それとも、他の男に心変わりしたのか。それとも――）

レオンの脳裏には、彼女とエーレルト公爵であるラファエルが親密そうにしていた光景が焼きついて離れない。普段はまったく異性と馴れ合わないアレクシアが、彼とだけは親しくしている。

しかもあのときのラファエルは彼女の手を握っており、身体を寄せるしぐさも見せていた。そのことについて問い詰めるのは己の狭量さを示すようで、レオンは結局何も聞けずにいる。

（シアを誤解して冷たくしていた罪悪感があるから、俺は彼女に強く出ることができない。……だが、このままでは駄目だ）

女王であるアレクシアの多忙さを慮り、正面からぶつかるのを遠慮していたが、自分たちの心の距離は遠ざかるばかりだ。

おそらく今の彼女は内乱に関する軍議が続き、気持ちの余裕がないだろう。事態が収束して忙しさが一段落したら、そのときこそ話をしようとレオンは心に決めた。

その後、ハルヴァートが率いるブロムベルク軍の働きにより、内乱は二日で鎮圧された。

国内に安堵の空気が流れる中、枢密院議会に出たレオンだったが、議場にいた貴族たちの視線にふと違和感をおぼえてかすかに眉をひそめる。

（……何だ？）

どことなく棘のある視線やヒソヒソと話す者たちなど、レオンは自分が周囲から敵意を持たれているのを如実に感じた。

表面上は何も感じていないように振る舞いつつ、レオンは議会の終了後、ここ最近懇意にしているラインフェルト伯爵に声をかける。彼は二十代後半の物腰柔らかな男性で、出張公務に同行してくれたのをきっかけに親しくなり、夜会やサロンにも一緒に行くほどの仲になっていた。

ラインフェルトに「今日、議会の雰囲気が少しおかしかったようだが」と告げると、彼は周囲を気にするそぶりを見せながら物陰へとレオンを誘導し、言いにくそうに答えた。

「実は……噂があるのです。王配殿下に関する」

「何かな」

「今回のバラーシュの内乱に王配殿下が関わっているのではないかという話が、貴族たちのあいだで持ちきりなのです。殿下がヘルツェンバイン王国ご出身ということもあり、ブロムベルクを内から崩すために女王陛下との婚姻を了承したのではという者がおります」

「――――」

それを聞いた瞬間、レオンは裏で内乱の糸を引く人物の意図を悟る。

（おそらく内乱を起こしたのは、この国での俺の立場を危うくするためだ。あたかも俺が乱を扇動したかのような噂を流し、貴族たちの猜疑心を煽る。そして王配としての権威を失墜させる……）

アレクシアの態度がよそよそしくなったのも、それが原因だろうか。

そう考えるとたまらない気持ちになったものの、レオンは表情を取り繕い、ラインフェルトに告げた。

「言いにくいことを伝えてくれて、心より感謝する。私は内乱に関わっている事実はないし、この国のために尽力したいという気持ちにまったく濁りはない。疑いを抱いている貴族たちに信じてもらえるよう、努力しなければならないな」

「わたくしは王配殿下を信じております」

「ああ。私にとっても、伯爵は信用に足る人物だ。本当にありがとう」

ラインフェルトと別れたレオンは、アレクシアの元に向かった。廊下で行き交う召し使いたちが脇に控えて頭を下げる中、執務室の入り口を守る衛兵に「女王陛下はご在室か」と問いかけると、彼らは首を横に振る。

「先ほど、私室のほうに向かわれました」

「そうか。ありがとう」

廊下を歩きながら、レオンは「彼女にどうやって話を切り出そうか」と考える。

噂を聞いたアレクシアは、自分に疑いを抱いているのかもしれない。だからこそこちらを避けていたのかもしれず、だったら言葉を尽くして身の潔白を証明しなければならなかった。

(俺は彼女を愛してる。この先も夫婦でいたいからこそ、腹を割って話し合いたい)

女王の私室はひとつ上の階にあり、扉の前まで来たレオンは深呼吸する。そしてノックし、中に呼びかけた。

「シア、俺だ。――入るぞ」

ドアを開けると中は豪奢な空間で、薄紅色の壁にはたくさんの絵画が掛けられ、磨き上げられた調度や床に敷かれた分厚い絨毯、きらめくシャンデリアやあちこちに飾られた生花が優雅な雰囲気を醸し出していた。

ソファにいたアレクシアが、こちらを見てつぶやく。

「レオンさま……」

「すまない、突然来たりして。君と話がしたい」

そう告げた瞬間、室内にラファエルがいるのを見て、思わず眉をひそめる。それに気づいた彼女が、狼狽した様子で言った。

「あの、レオンさま、これは……」

「王配殿下には、ご機嫌うるわしく。女王陛下とお話ならば、僕はすぐに失礼いたします」

胸に手を当てて折り目正しく頭を下げた彼は、アレクシアに向かって微笑む。

「じゃあ、アレクシア。さっきの話だけど、もう一度よく考えたほうがいいよ。またね」

「……ええ」

＊　＊　＊

ラファエルが部屋から出ていき、扉が閉まる。

つい先ほどの彼との会話を反芻し、アレクシアは複雑な気持ちを持て余した。ラファエルが面会を求めてきたのは、アレクシアが執務室から私室に戻ってきてすぐだ。彼はこの部屋に入るなり、「バラーシュの内乱の件、聞いたよ」と言った。

『独立派の首謀者が、王配殿下の名前を出したんだって？　このあいだ僕が君に聞かせた話が、本当だったってわけだ』

『ラファエル、あなたはなぜその話を……』

『マイヤーハイム卿に聞いたんだ。彼は僕の父と親友で、その繋がりで懇意にしてもらっているから』

マイヤーハイムが軍事上の機密を女王に報告する前に他者へ漏らしたのだと聞き、アレクシアは顔をこわばらせた。

彼が自分を侮っているのは常々態度から感じていたが、そこまであからさまなことをするとは思わず、失望がこみ上げる。そんなアレクシアの前で、ラファエルが言葉を続けた。

『内乱の首謀者から王配殿下の名前が出たのは、由々しき問題だ。こんなことは言いたくないけど、君が彼と結婚したのは間違いだったんじゃないかな』

『間違い？』

『ああ。そもそも王配殿下は敵国だったヘルツェンバイン出身、これまでのブロムベルクとの関係を思えば、こちらに恨みを抱いていた可能性は充分ある。それに加えて首都レームの外に公務に出た際、侍従を遠ざけた上で現地の人間と話し込んでいることが何度もあったそうだ。もしそれが独立派の一味で、かねてから内乱の準備を進めていたのだと思えば、すべて説明がつく。——そう思わないか』

彼の言い分は一応筋が通っていて、アレクシアは押し黙る。するとラファエルが、畳みかけるように言葉を続けた。

『考えてみたんだけど、こんな可能性はないかな。王配殿下は連合の密命を受け、アレクシアと結婚した。それはブロムベルクの中枢に入り込み、こちらの軍事機密を丸裸にする一方、反乱を起こして内から揺さぶりをかけるのが目的だったんだと』

『…………』

『最終的な目標は、君を廃位して自分が王位に就き、ブロムベルクを完全な支配下に置く。きっとそれが連合の総意なんだよ』

彼の発言は考えうるかぎり最悪のシナリオで、アレクシアは唇を引き結んだ。

確かにラファエルやフーゲンベルクから「王配殿下が、ブロムベルクの情報を他国に流しているかもしれない」と聞いたとき、アレクシアは連合がこの国を完全に併合しようとしている可能性について考えてヒヤリとした。

それに加えて内乱の首謀者がレオンの名前を出したのだから、彼の疑いは強まったといえる。だがマイヤーハイムに告げたとおり、それはレオンを陥れようと思えばいくらでも言えることだ。アレクシアはラファエルを見つめ、冷静な口調で答えた。

『レオンさまにかけられている疑いについては、充分承知しているわ。でもマイヤーハイム卿にも言ったけれど、それはまだ推測の域を出ていない。あなたが今語ったことも、何の裏付けもない一方的な思い込みに過ぎない――違う？』

『それは……』

『ラファエルはわたしが王女だった頃から気にかけてくれたし、親身に相談に乗ってくれて、とても感謝しているわ。でも今回のことは、話が別。あの方から直接話を聞くまで、わたしは誰に何を言われても信じるつもりはないの』

強い意志を示すアレクシアを見つめ、彼は「君は……」とつぶやいた。

だがその瞬間にレオンが部屋に入ってきて、ラファエルが去っていき、今に至る。アレクシアは突然の彼の来訪に動揺しつつ、何とか落ち着こうとした。

（レオンさまのほうから来てくださったのなら、ちょうどいい。こちらが疑問に思っていることを、全部聞いてみよう）

気を取り直したアレクシアは、レオンに向かって告げる。

「お座りください。ただいま飲み物をご用意いたします」

すると侍女のエラが、棚の上に置かれていた瓶を手にして言った。

「ギーレン地方から献上された、葡萄のジュースがございます。こちらでよろしいでしょうか」

「ええ。お願いするわ」

彼女がジュースを杯に注ぎ、テーブルに置く。

向かい合って座るレオンに対し、アレクシアは意を決して口を開いた。

「レオンさまのほうからいらしてくださって、助かりました。わたくしもお話ししたいと考えておりましたので」

落ち着くために杯の中身を飲んだアレクシアは、彼に謝罪した。

「その前に、謝らせてください。ヘルツェンバイン王国から帰ってきて以降、わたくしはレオンさまを避ける行動を取ってしまいました。もちろん公務の忙しさもありましたけれど、自分自身の気持ちに折り合いがつかずにいたのです。どうかお許しください」

「シア、それは……」

レオンが何か言いかけた瞬間、アレクシアは身体の異変を感じる。

喉の辺りが熱く、焼けつくような痛みがあった。それは胃にも伝播していき、喉を押さえながら目を見開いて喘ぐ。

「ぁ……」

「アレクシア？」

ガクリと前のめりに倒れそうになるのを、咄嗟に立ち上がったレオンが向かいから支えてくる。そして顔色を変え、信じられないという表情でつぶやいた。

「――毒か」

すると傍で立ちすくんでいたエラが、高い悲鳴を上げる。驚いて部屋に飛び込んできた衛兵に、レオンは鋭く声をかけた。

「女王陛下が、毒を飲んで倒れられた。すぐに水を持ってきてくれ」

「は、はい！」

衛兵が棚の上の水差しを手に取ろうとしたものの、レオンが首を振って言う。

「この部屋に置かれているのは駄目だ。別の部屋のものを頼む」

廊下からこちらを覗き込んでいた召し使いの一人が別室に走っていき、水差しと杯を持ってくる。それを受け取ったレオンが杯に水を注ぎ、アレクシアの口に当てて言った。

「飲んでくれ。早く」

「う……っ」

喉と腹部の焼けつくような痛みに耐えながらアレクシアがどうにか水を飲むと、彼が胃の辺りを強く押してくる。

突然加えられた圧に、アレクシアは胃の中のものを勢いよく吐き出した。吐瀉物を物ともせず、彼が再び水が入った杯を口に当ててきて、何度かそれを繰り返す。

苦しさに涙が溢れたものの、レオンは手心を一切加えなかった。五回ほど繰り返した彼が懐から小さな薬包を取り出し、それを杯の中の水に溶かす。そしてアレクシアに向かって言った。

「解毒剤だ。これを全部飲んでくれ」

苦味の強い水を、アレクシアはどうにか飲み干す。そのとき女王付きの侍医が現れ、レオンに向かって問いかけた。

「女王陛下のご容態は、どのような状況ですか」

「葡萄のジュースを飲んだ直後、喉を押さえて昏倒した。毒だとわかったので、水を大量に飲ませて何度か吐かせたあと、解毒剤を飲ませた」

「その解毒剤とは……」

「ヘルツェンバイン王家の人間が、常に携帯しているものだ。薬草で有名なルヴィエ公国に独自配合で作ってもらったもので、主にベラドンナを使っていると聞いている」

侍医は「なるほど」とつぶやき、アレクシアの下瞼を確認したり、脈を取りながら言う。

「おそらくは、アセタケやカヤタケといったキノコから精製された毒でしょう。心臓や気

管の収縮、喉や消化器官への強い刺激などがあり、最悪の場合死に至ります。しかしベラドンナを服用することで症状がだいぶ中和されますので、王配殿下が飲ませたのは正しいご判断です」

侍医の話を朦朧としながら聞くアレクシアは、自分がレオンに命を救われたのだと理解する。しかしその瞬間、侍女のエラが声を上げた。

「女王陛下のお飲み物に毒を入れたのは、王配殿下です。わたくしは見ました」

室内にいた者たちが驚き、一斉にレオンに視線を向ける。彼はアレクシアの手を握りながら、眉をひそめて答えた。

「一体何の話だ。私にはまったく心当たりがない」

「王配殿下がお持ちになられた瓶の中身を飲んで、女王陛下が昏倒されたのですわ。つまり暗殺を計画したのは、王配殿下です」

「私はこの部屋に来たとき、手に何も持っていなかった。そうだろう」

レオンが衛兵に問いかけると、二人は顔を見合わせ、「はい」と頷く。するとエラは一瞬ぐっと言葉に詰まり、なおも言い募った。

「す、少し前に王配殿下から届いたものを、思い違いをしておりました。とにかくあの瓶は、殿下が女王陛下にと――」

「毒入りの飲み物を、私がわざわざ自分の名前で届けさせるのか？　それはあまりに杜撰すぎるだろう」

黙っていられなくなったアレクシアはレオンに握られた手に力を込め、どうにか上体を起こす。そしてエラを見つめ、息を切らしながら言った。

「その瓶は、わたくしの記憶によると……エラ、あなたがこの部屋に持ち込んだはずです。なのになぜレオンさまだと言い張るのですか」

「それは……」

「あなたはもしかして、レオンさまを陥れようとしているのですか？　あくまでもその瓶を持ち込んだのは彼だという筋書きで動いているから……そんなに辻褄の合わない話をしている。違いますか」

彼女にとって、ここでアレクシアが発言するのは予想外のことだったらしい。すぐに意識を失って死に至ると予想していて、葡萄ジュースの瓶を自分が持ち込んだことをばらされるとは思っていなかったようだ。蒼白な顔で立ち尽くすエラに、レオンが厳しい眼差しを向けて問いかける。

「今回の件は、君の独断ではないだろう。裏で糸を引く人間がいるはずだが、それは一体誰だ」

「…………」

「素直に答えないなら、あらゆる手を使って話すように仕向けなければならなくなる。女王陛下の暗殺未遂は、国家を揺るがす大事件だ。だが事件の解明に協力する姿勢を見せれば、多少は罪が軽くなるかもしれない」

彼の言葉を聞いたエラが、両手を握り合わせて震え始める。彼女はしばし逡巡したあと、小さな声で言った。

「あの瓶をわたくしに預けたのは……エーレルト公爵です。女王陛下に中身を飲ませ、昏倒したのちに王配殿下の仕業だと騒ぐよう申しつけられました」

その言葉は、アレクシアに強い衝撃を与えた。

首都レームで暮らすようになってからこちらを気にかけ、女王として即位するときも親身になって応援してくれたラファエルが、自分を殺そうとしていたことが信じられない。しかしエラの様子を見るかぎり、彼女が嘘を言っていないのは明らかだった。そこに駆けつけたオスヴァルトに、レオンが険しい表情で告げる。

「侍女のエラが、女王陛下の飲み物に毒を盛った。取り急ぎ応急処置を行い、私が持っていた解毒剤を飲ませたが、容体が急変しないよう経過観察が必要だ」

「毒とは……侍女の単独犯ではありますまい」

「ああ。エーレルト公爵が関わっているというから、直ちに彼を拘束してくれ。私は女王陛下を寝室に運ぶ」

「わかりました」

レオンによって寝室に運ばれて間もなく、アレクシアは意識を失った。

だが毒を摂取してすぐに大量の水と共に吐き出させたこと、そして彼が持っていた解毒剤が功を奏し、数時間後に目を覚ました。

「シア、大丈夫か」

枕元にいたレオンが心配そうにこちらを覗き込み、アレクシアはつぶやく。

「レオンさま……」

「君が突然喉を押さえて昏倒したときは、驚いた。俺が一緒にいてよかった」

脇に控えていた侍医が脈を取り、いくつか問診したあとで微笑んで言う。

「王配殿下の処置がよかったおかげです。わたくしが到着してからでは、ひょっとすると手遅れになっていたかもしれません」

「……そう」

「ですが摂取した解毒剤はとても強いものであるため、喉の渇きや発熱、瞳孔散大などの副作用がございます。しばらくは水分を取って安静にしたほうがよろしいでしょう」

侍医が退出していき、室内にはアレクシアとレオンだけになる。彼に「水を飲むか」と聞かれて頷くと、水差しから杯に注いで手渡し、背中を支えてくれた。

中身を飲み干したアレクシアは、レオンに問いかける。

「レオンさま、助けてくださってありがとうございました。あの、エラとラファエルは……」

「二人ともオスヴァルトの指示で、拘束された。エラのほうは素直に取り調べに応じているが、エーレルト公爵は黙秘しているそうだ」

「……そうですか」

彼はアレクシアの身体を丁寧にベッドに横たえ、髪を撫でて言う。

「話したいことは山のようにあるが、君はまず身体の回復を最優先にしなければ。今夜は俺が傍で看ているから、とりあえず眠ってくれ」

確かに気になることは山のようにあるものの、身体が熱っぽい。

アレクシアがそっと腕を伸ばすと、レオンが手を握ってくれた。その大きさとぬくもり、力の強さに安堵しながら、気がつけばアレクシアは深い眠りに落ちていた。

第十一章

アレクシアの体調は翌日にはだいぶ回復し、今回の暗殺未遂についてオスヴァルトから報告を受けた。

そして「もう少し療養するべきだ」という彼の言葉を押しきり、依然として黙秘を続けているラファエルの元に向かって直々に尋問することになったが、それにはレオンも同席した。

連れ立って独房に向かうと、こちらを見たラファエルが鼻で笑って言う。

「へえ、夫婦で揃って来てくれたんだ。仲がいいんだね」

「オスヴァルトから、あなたが尋問に黙秘し続けていると聞きました。ですからわたしが来たのです」

「顔色が悪いけど、まだ身体が完全に回復していないんじゃないか？　あれで死ななかったなんて、君はつくづく悪運が強いな。兄の後釜に座って、まんまとこの国の王位を手に入れただけのことはある」

微笑む彼は余裕たっぷりで、アレクシアはそれを見つめながら問いかける。

「エラは毒入りの飲み物を用意したのは、あなただと言っていました。それは確かですか？」

「さあ、どうだろう。証拠でもあるの？」

嘯くラファエルを、アレクシアはじっと見つめる。

本当はまだ身体は本調子ではなく、熱っぽさと倦怠感、光を眩しく感じるといった後遺症があった。だが彼の真意を、どうしても自分で問い質したい。その一心で王宮の敷地内にある裁判所の独房まで足を運んでいる。

息詰まる沈黙が続く中、隣に座るレオンは黙って成り行きを見守っている。やがてラファエルが、ふっと笑って言った。

「僕がこのまま黙秘していたら、一体どうなるのかな。証拠がなければ無罪放免か、それとも拷問でもする？」

アレクシアが答えようとした瞬間、レオンが口を開いた。

「――君は女王の暗殺を企てた事実を、甘く見過ぎている。おそらくブロムベルクにも拷問に長けた者がいるだろうが、私が直々にやってもいいんだ。これでも長く軍務に就いていたから、その心得も経験もある」

彼の口調は静かで、気負っている様子は微塵もない。だがその分、言葉の奥に秘めた凄みがあり、それを感じ取ったラファエルがその顔から笑みを消した。

彼はレオンから目をそらし、小さく息をついて口を開く。

「わかった、認めるよ。エラに毒入りのジュースの瓶を手渡し、アレクシアに飲ませるように命じたのは僕だ。その際に、王配殿下に罪をなすりつけるように告げた」

「どうして……」

「わからないか？　君を亡き者にしたかったからだ。アレクシアがいなくなれば、ブロムベルク王家の直系は絶える。そうなれば、僕に王位が転がり込んでくるかもしれないだろう？」

ラファエルの真意を聞いたアレクシアは、驚きに目を瞠る。彼がクスリと笑って言葉を続けた。

「ユストゥスが突然亡くなったあと、王位継承者第一位であるアレクシアが女王になると聞いたとき、僕は不満だった。だって君ときたら、田舎育ちで王宮に馴染んでいないばかりか、内気で友人が一人もいない。そんな人間がこの国の女王になるなんて、近隣諸国への恥だ。ルカーシュ王の甥である僕が即位するほうが、よほどふさわしいと思わないか」

――ラファエルは語った。

ユストゥスの死後、アレクシアが女王として即位して、ずっと不満を募らせていたこと。連合から強制される形でレオンが王配となり、意外にもアレクシアと仲睦まじくなって危機感を抱いたこと――。

「君が子を産む前に亡き者にすれば、直系にもっとも血が近い僕に王位が転がり込むかもしれないと思った。それが暗殺を計画した動機だ」

「レオンさまに罪をなすりつけようとしたのは、なぜですか？　エラにあんなお芝居までさせて」

「アレクシアの殺害犯を王配殿下だということにすれば、僕が即位したあとの近隣諸国からの干渉が緩むかもしれないと考えたんだ。だからそのお膳立てをするため、君の侍女を手駒にした」

ラファエルはアレクシアの身の回りの世話をするエラに近づき、色恋をちらつかせて籠絡したらしい。

初心な彼女は瞬く間に貴公子であるラファエルの虜になり、アレクシアの暗殺計画に加担したという。すると隣に座るレオンが、口を開いた。

「私がブロムベルクの機密を他国に漏洩しているのではないかという話が、しばらく前から貴族たちの間で噂になっていたという。だがまったく心当たりがなく、私の立場を貶めようとする悪意を感じるが、これは君がしたことか」

するとラファエルが噴き出し、楽しそうな顔になって答えた。

「ええ。その話の出所は、僕ですよ。アレクシアにわざと噂のことを聞かせ、あなた方の夫婦仲が破綻するように仕向けたかった。そうすれば、君はうんと苦しむだろうからね」

彼が悪意をにじませた眼差しをこちらに向けてきて、アレクシアはそれを正面から受け止める。レオンが重ねて問いかけた。

「では、バラーシュの独立派に資金提供をしたことについてはどうだ。内乱の一週間前、私の部下が独立派が武器を買い集めているという情報をつかんでいた。それまで街頭演説くらいしか活動していなかった者たちが、急に大量の武器を揃えて傭兵を雇い出したのだから、資金を提供した人間がいたとしか考えられない」

アレクシアは彼を見つめ、「実は」と切り出す。

「バラーシュからきた報告によると、内乱の首謀者が捕縛後の尋問で『自分たちに資金提供したのは、王配殿下だ』と発言しているそうです。彼らに近づいてきて内乱を唆した男が、そのように言っていたと」

するとレオンが思案顔で「そうか」とつぶやいた。

「それを聞いて、納得した。私の目的がブロムベルクを併合することなのではないかという悪意ある噂、バラーシュで起きた内乱、そして君の暗殺未遂は、すべて繋がってるんだ。独立派を扇動して内乱を起こさせ、国の政治基盤を揺るがせることで為政者たるアレクシアの評価を下げる。そして内乱に私が関わっていたとして反感を煽った上で、女王暗殺犯に仕立て上げる――つまりエーレルト公爵は、自分が王位に就くために幾重もの罠を仕掛けていた。そうだろう？」

まさかラファエルが内乱にまで関わっていたとは思わず、アレクシアは呆然としながら彼に視線を向ける。するとラファエルがふっと息を吐き、皮肉っぽく笑った。

「王配殿下は、思っていたより利口な方のようだ。しかもブロムベルク国内に秘密裏に間諜を放っているなんて、穏やかじゃないな。アレクシア、君はこんな男を信用するのか？」

「今問題にしているのはそのことではなく、あなたが一連の事件に関わったかどうかです。ラファエル、認めるのですか」

アレクシアの問いかけに、彼が開き直った表情で答える。

「ああ。女王である君を暗殺し、王配殿下をその犯人として断罪した上で連合からの干渉を緩める。そうして風通しをよくしてから、僕が王位に就こうと考えていたんだ。だがアレクシアは毒で死ななかったし、王配殿下はすべての繋がりに気づいた。僕の完敗だ」

するとレオンが戸口のほうを向き、ドアの向こうに呼びかける。

「オスヴァルト、聞いたとおりだ。エーレルト公爵がすべての罪を認めた」

扉が開き、「失礼いたします」と言って独房内に入ってきたオスヴァルトが、頷いて答えた。

「お話の内容は聞いておりました。エーレルト公爵の罪が明らかになりましたので、このあとはより詳しい調書を書き起こし、裁判で処遇を決める流れとなります。女王陛下、王配殿下、お疲れさまでした」

アレクシアは、改めてラファエルを見つめる。

独房の中で簡素な椅子に座っていながらも、彼は相変わらず貴公子然としていた。その表情は淡々としていて、何を考えているかわからない。今後ラファエルは裁判にかけられることになるが、女王の暗殺未遂と内乱罪という重罪を重ねて行っているため、その処遇は厳しいものになるだろう。

犯した罪を思えば当然のことだが、どうしても一言伝えたくなったアレクシアは、彼に向かって口を開いた。

「ラファエル、あなたの仕出かしたことは決して許されるものではなく、わたしは従兄だからといって手心を加えるつもりは一切ありません。ですが三年前、カペル離宮から王宮に来たばかりで慣れないわたしに親切にしてくれたあなたの優しさ、気配りには、心から感謝しています」

「…………」

「ラファエルから見たわたしは、この国の元首として頼りないかもしれません。それでも、いつかあなたが言ってくれたように、兄とは違った戦のない平穏な国を造っていけるよう力を尽くしていく所存です」

それを聞いたラファエルが目を伏せ、かすかに顔を歪める。

隣に座っていたレオンがアレクシアの肩に触れ、気づかわしげに言った。

「シア、部屋に戻ろう。君はまだ本調子ではないのだから、無理をしてはいけない」

「……はい」

夫婦の寝室に戻ると、彼はアレクシアにベッドに横になるように勧めた。

「侍女を呼んで、夜着に着替えさせてもらおうか。熱はどうだ」

甲斐甲斐しく世話を焼こうとするレオンに対し、アレクシアは首を横に振って言う。

「大丈夫です。それよりも、わたくしはレオンさまとお話がしたいです」

「だが……」

彼はこちらの首の辺りに触れ、まだ少し熱っぽいのを気にしたものの、「途中で具合が悪くなったり、疲れたりしたら正直に言う」という条件で了承してくれる。

ソファで隣り合って座ったアレクシアは、改めてレオンに礼を言った。

「レオンさま、倒れたわたくしを介抱してくださってありがとうございました。侍医が言うとおり、あのとき適切な対応をしてくれなかったら、わたくしの命はなかったかもしれません」

「礼には及ばない。暗殺や不測の事態を警戒して、俺の国の王族は皆あの解毒剤を携帯している。役に立ってよかった」

彼が微笑んでそう言ってくれ、アレクシアは気後れしながらつぶやく。

「それから……ここ最近のわたくしの態度について、心からお詫びいたします。いろいろなことに思い悩むうち、レオンさまとどんな顔をして話したらいいのかわからなくなり、避けるような態度を取ってしまったのです」

「それは、俺に関する噂のことか？」

「……はい」

アレクシアは、ラファエルからレオンが素性のわからない者たちと頻繁に会っていると聞かされ、自国の情報を漏洩しているのではないかと噂されているのを知ったことを語った。

「それだけではないのです。枢密院議長のフーゲンベルクからも、噂について聞かされて……別々の人間からレオンさまに関わる疑惑について伝えられたことで、疑心暗鬼になってしまいました。そもそもわたくしの夫となったのも計画的なもので、本当の目的はこの国を併合することなのかもしれないと考えたら、あなたに愛されていると錯覚していた自分がひどく惨めになって」

「そんなことはない。確かに最初は連合に強制された結婚に納得していなかったが、シアに対する誤解が解けたあとは純粋に君を愛している。この国の情報を漏らしているとか、併合するのが目的だというのは、悪意のある噂だ」

彼は「ただ」と言葉を続ける。

「この国に来るとき、俺は王家に仕える護衛騎士を数人同伴してきた。彼らは王族の警護に当たる他、市井に紛れて情報収集するのが仕事で、ブロムベルク各地に散って俺が首都の外に公務に出る際に定期報告をしてくれていたんだ。そうした者たちがいたにもかかわらず、これまで君に黙っていたことを謝る。本当に申し訳なかった」

レオンが頭を下げてきて、アレクシアは慌てて首を振る。

「謝らないでください。どこの国の王家でもそうした役割の人間を抱えていることは、わたくしも女王になってから内務大臣に聞かされました。レオンさまはヘルツェンバイン王国の王子なのですから、ご自身の手足になる者たちを同伴していて当然です」

すると顔を上げた彼が、ふいにこちらの手を握って言った。

「だが君の態度の変化の理由は、それだけではないんじゃないか？　ヘルツェンバインの旅行から帰る途中から、シアの様子はおかしかった。もしかして、俺の家族に何か言われたんじゃ」

アレクシアはドキリとしながら、「違います」と答える。

「レオンさまのご家族には、本当によくしていただきました。これまでのブロムベルクとの確執を思えば冷たい態度を取られても当たり前なのに、そうした部分は一切見せずに気遣ってくださって……。ですからご家族に何かされたとか、そういうことは一切ございません」

急いで否定したものの、レオンとディアナが一緒にいた光景を思い出すと苦しくなり、小さな声で続けた。

「ですが……舞踏会のとき、バルコニーで見知らぬ令嬢と一緒にいるレオンさまを見たことが、ずっと心に引っかかっていたのです。令嬢はあなたに抱きつき、『レオンさまは、わたくしの婚約者だったのに』『あなたを想い続けたこの気持ちは、一体どうしたらいいのですか』と言って泣いていて……それを見たわたくしは、思ったのです。実はレオンさまが元婚約者を愛していて、再会したのをきっかけに彼女への気持ちが再燃していたらどうしようと。もうわたくしのことなどどうでもよくなるかもしれない、それどころか疎ましく感じるのではないかと——そう考えて」

「違う。君が心配するようなことは、何もない」

アレクシアがポロリと涙を零すのと同時に、彼が語気を強めて否定する。

こちらに向き直ったレオンが、アレクシアの手を握って言った。

「シアの態度がおかしくなったのは、俺と彼女の仲を誤解したからなんだな。あの令嬢はアーベライン公爵家の娘で、確かに俺の婚約者だった女性だ。だが義務的に決まった相手で、ほとんど交流がなかった」

「そうなのですか？」

「俺は騎士として軍務に就いていて、国にいないことが多かったんだ。しかし彼女のほうは一心に想い続けてくれていたようで、俺がブロムベルク王国で王配になるのが決定し、婚約を破棄すると通達されてひどくショックを受けたそうだ。今思えば、申し訳ないことをした」

ディアナはレオンが妻となったアレクシアを伴ってヘルツェンバインに帰国したのを知り、たまらなくなって彼に気持ちを訴えてきたという。

レオンが「でも」と言い、アレクシアの手を強く握って言葉を続けた。

「俺が愛しているのはシア一人で、ディアナ嬢の気持ちには応えられない。だから言ったんだ、『私のことはもう忘れ、あなたを大切にしてくれる相手と幸せになるべきだ』って」

「それで、令嬢は何と……」

「泣いていたが、最終的には納得してくれた。『女王陛下とお幸せに』と言って、送り出してくれたよ」

「……そうだったのですか」

アレクシアの心に、じわじわと安堵が広がる。

もしレオンが心変わりし、他の女性を愛してしまったらどうしようかと思った。かといってモヤモヤをぶつける勇気がなく、ただ彼を避けることしかできなかった自分に、忸怩たる思いがこみ上げる。アレクシアは恥じ入ってつぶやいた。

「申し訳ございません。わたくし、てっきりレオンさまはあの令嬢のことがお好きなのだとばかり思い込んで」

「三年前の誤解が解け、晴れて君と本当の夫婦になれて、俺がどれほどうれしかったかわかるか？　ヘルツェンバインに旅行に誘ったのも、アレクシアに俺が生まれた国を見せたかったからだ。他の女性に心を移すことはないから、どうか信じてほしい」

真摯な口調で告げられ、アレクシアの目から新たな涙が零れ落ちる。

それを指先でそっと拭い、頷いて答えた。

「はい、信じます。直接レオンさまに確かめることをせず、一方的に誤解して避けるような真似をして、申し訳ありませんでした」

そんなアレクシアを、レオンが強い腕で引き寄せ、抱きしめてくる。彼が耳元でささやいた。

「君と腹を割って話し合おうとした矢先に目の前で昏倒されて、頭が真っ白になった。こうして再び抱きしめることができて、本当にうれしい」

「……レオンさま」

抱きしめる腕の強さから、レオンがどれほど自分を大切に思ってくれているかが伝わってきて、アレクシアの胸がじんとする。

彼の背中に腕を回し、引き締まった男らしい体格をつぶさに感じながら、想いを込めてつぶやいた。

「わたくしも……こうしてレオンさまに抱きしめていただけて、うれしいです」

「そんなことを言うと、歯止めが利かなくなる。君はまだ本調子ではないのに」

確かに解毒剤を飲んだあとの後遺症は若干残っているが、それを凌駕するくらいにレオンへの気持ちが溢れて止まらない。

アレクシアは、彼からわずかに身体を離して言った。

「歯止めなど……利かなくなって構いません。わたくしはレオンさまに、もっと触れていただきたいです」

するとそれを聞いたレオンが、たまらなくなったように唇を塞いでくる。

「ん……っ」

肉厚の舌が口腔に押し入り、中を舐め尽くされたアレクシアはくぐもった声を漏らす。

ザラリとした表面を擦りつけながら舌を絡められ、一気に体温が上がった。ゆるゆると絡ませたかと思いきや、側面をなぞったり深くを探られ、熱っぽい息を吐く。

それを逃すのも惜しいというように角度を変えて口づけられ、アレクシアは喘いだ。

「……ぅっ、……ん……っ」

薄目を開けると間近で宝石のような青い瞳に合い、気恥ずかしさをおぼえる。

見つめ合いながらするキスは官能的で、蒸れた吐息を交ぜつつ舌を舐め合い、ようやく解放されたときはすっかり息が乱れていた。

「ぁ……っ」

彼の唇が首筋をなぞり、それと同時に大きな手が胸のふくらみを包み込む。

素肌に触れる唇と吐息、胸を揉みしだかれる感触は強烈で、身体の奥が期待にきゅうっと疼いた。

(やだ、わたし……)

レオンに抱かれたときのことを思い出し、脚の間が熱くなっている。

落ち着かず身じろぎすると彼が太ももに触れ、パニエを着けていないドレスの裾をたくし上げてきた。昼間からこんな展開になるのは初めてで、アレクシアはどうしたらいいのかわからない。

レオンの手が下着越しに秘所に触れ、蜜口の辺りをぐっと押してくる。するとにじみ出た愛液でぬるりと滑る感触があり、彼がつぶやいた。

「もう熱くなってる。キスだけで、こんなに溢れさせていたのか」

「……っ、申し訳、ございませ……」

「なぜ謝る？　君の身体が俺を覚えてくれていて、うれしい。ほら、もう指が挿入る……」

「うぅ……っ」

下着の中に入り込んだ指が、蜜口にゆっくり埋められていく。たったそれだけでゾクゾクするほど感じてしまい、アレクシアは小さく呻いた。

指を行き来させながら唇で胸元に触れられ、生地越しに先端を噛まれる。首が詰まったデザインのドレスのため、直接の刺激ではない。だが生地にじんわりとレオンの唾液が染みていくのがわかって、淫靡な感触に身体が熱くなった。

彼がアレクシアの胸に顔を埋めながら、吐息交じりの声で言う。

「半月ぶりだし、君の身体をうんと慣らしてやりたいが、今はその余裕がない」

「えっ？　ぁ……」

蜜口から指を引き抜いたレオンが、おもむろに自身の下衣をくつろげる。するとに隆々といきり立った剛直が出てきて、アレクシアはドキリとした。張り詰めて天を向くそれは卑猥な形をしていて、表面に太い血管を浮き上がらせている。

以前抱き合ったときに触れた記憶は生々しく、アレクシアはかあっと頬が熱くなるのを感じた。こちらの脚を開かせ、長いスカートの裾をたくし上げた彼が、下着を脱がせてくる。そしてずっしりとした質量のある昂ぶりの先端で、蜜口を捏ねてきた。

「……んっ、……ぅ……っ」

ぬちゅりと淫らな水音が聞こえ、亀頭で捏ねられる入り口がヒクヒクと蠢く。

早く欲しい気持ちと、硬いものを受け入れるのが怖い気持ちがせめぎ合い、アレクシアは息を荒らげた。その瞬間、切っ先が蜜口を捉え、ぐうっと押し込まれていく。

「あ……っ！」

太さのある剛直が柔襞を掻き分け、奥まで進む。

久しぶりに受け入れるせいか圧迫感が強く、アレクシアはその大きさに息をのんだ。太ももをつかんで根元まで埋められ、最奥を押し上げられる。一旦動きを止めたレオンが、深く息を吐いてささやいた。

「ああ、やはり君の中は狭い。熱いのは、まだ少し熱っぽいせいかな」

「あっ、あっ」

そのまま律動を開始され、硬い幹でゴリゴリと内壁を擦られる感触にアレクシアは喘ぐ。

抱き合うのが久しぶりだからか、彼のものはこれまでで一番といっていいくらいに硬く、入り口がピリッと痛みをおぼえるくらいの太さがあった。

「……っ、ぁ、レオンさま……っ」

「ん？」

「あ、奥ばかりすると、もう……っ」

根元まで埋めたもので何度も奥を突き上げられ、アレクシアは今にも達してしまいそうな感覚に慄く。するとそれを聞いたレオンが、色めいた笑みを浮かべて言った。

「ソファだから、あまり激しく動けないんだ。でもシアは、奥が好きだろう？　ほら」

「あ……っ」

両手を握り合わせ、密着した腰で身体を揺すり上げられたアレクシアは、身も世もなく喘ぐ。動き自体は大きくないものの、屹立の先端が子宮口を押し上げ、目がチカチカするほどの快感があった。

切れ切れに声を漏らすと、彼がこちらに身を屈め、ささやくように言う。

「あまり声を出しては、部屋の外に聞こえてしまう。少し我慢してくれ」

「んぅ……っ」

唇を塞がれると同時に舌がぬるりと口腔にねじ込まれ、上も下もすべてレオンに埋め尽くされる感覚に涙がにじむ。

苦しいのにそれが嫌ではなく、気持ちに呼応した隘路がビクビクとわなないた。繰り返し奥を突き上げる動きに、握り合った手に力がこもる。

溢れ出た愛液で接合部がぬるぬるになり、信じられないほど深いところまで彼を受け入れていて、切っ先で感じやすいところを抉られたアレクシアは唇を塞がれたまま達した。

「んん……っ」

「……っ」

内壁が楔を締めつけ、レオンが息を詰める。

つられて達きそうになるのをどうにかこらえた彼が、口づけを解いて言った。

「……っ、少し激しくするぞ」

「あっ……！」

膝裏をつかんで腰を深く入れられ、アレクシアは背をしならせる。

達したばかりの内部が敏感な反応をし、中にいるレオンをきつく締めつけていた。それを振りきるように激しい律動を送り込んでくる彼は、端整な顔に汗をにじませている。

普段は優雅なレオンの男っぽい姿を見たアレクシアは、揺らされながら胸がいっぱいになった。

(わたしは……この方が好き。落ち着きと頼りがいがあって、わたしを大切にしてくれるレオンさまと、この先もずっと一緒に生きていきたい)

アレクシアは腕を伸ばし、彼の首にしがみつく。そして頬を擦り寄せ、想いを込めてささやいた。

「好き……レオンさま」

「俺もだ。愛してるよ」

汗ばんだ額に優しくキスをしたレオンが、吐息交じりの声で言う。

「そろそろ、奥で出すぞ」

「ぁ……っ」

身体を密着させながら徐々に律動を速められ、抱えられた足先が揺れる。

室内には互いの荒い呼吸が響き、淫靡な空気に満ちていた。剛直を突き入れられるたびに隘路をビクビクとわななかせるアレクシアは、再び身体の奥に湧き起こる甘ったるい快感に追い詰められていく。

（あ、どうしよう、また……っ）

「あ……っ！」

ぐっと奥を突かれて悲鳴のような声を上げた瞬間、レオンが息を詰め、ドクリと熱い飛沫を放たれたのを感じた。

それと同時にアレクシアも達し、幹に絡みつく柔襞が精を搾り取る動きをする。甘い愉悦が全身に伝播していき、指先まで気怠い疲れに満ちていた。

着衣のままで抱き合ってしまったため、髪も衣服も乱れている。彼がふと笑い、アレクシアの髪を撫でて問いかけてきた。

「こんな時間に我慢できずに抱くなんて、我ながらみっともないな。具合は悪くないか？」

「だ、大丈夫です」

レオンが後始末をし、アレクシアの衣服を整えてくれる。

もしかしたら自分たちが情事に及んでいたことは、召し使いたちにばれているかもしれない。そう思うと何ともいえない居心地の悪さをおぼえ、アレクシアは髪を整えながらうつむいた。

すると隣に座った彼が、ふいにこちらの手を取る。そして真摯な眼差しで告げた。

「俺はもう、シアに隠していることは何もない。必要なら護衛騎士の人数や名前を教えるし、今後は彼らがつかんだ情報をすべて君に伝えてもいいと思っている」

「……はい」

「この国に来たばかりの頃はシアを誤解していて、傷つける発言をしてしまった。だが今後は絶対にそんなことをしないと、剣に賭けて誓うよ。これからは連合との懸け橋となり、この国の発展と安寧に力を尽くして、いつかこの命が尽きるまで君の傍にいたいと考えているが、了承してくれるか？」

レオンの言葉を聞いたアレクシアの目に、涙がこみ上げる。

大聖堂で結婚式を挙げたときも彼は自分に愛と貞節を誓ったが、当時はきっと気持ちがこもっていなかった。

だが今こちらの目を見て告げてくれている言葉には、嘘がない。騎士であるレオンが「剣に賭けて」とまで言うのだから、心からの発言なのだと信じることができる。

目からポロリと涙が零れ落ちるのを感じながら、アレクシアは微笑んで言った。

「はい。わたくしはレオンさまを夫として、人として、心から信頼しております。女王の王配ともなれば気苦労が多く、連合とのやり取りにも神経を使われると思いますが、レオンさまならきっとやり遂げてくださると信じております」

アレクシアは「でも」とつぶやき、彼を見つめて言葉を続ける。

「わたくしは女王としては知識も経験も足らず、至らない部分が多々あります。それを放置する気は毛頭なく、努力で埋めていくつもりでおりますが、国を導くのはとても一人では乗り越えられない困難なことでしょう。ですからどうか、わたくしの傍にいて道を誤らないよう助言していただけませんか？　身近な立場から、ときには厳しく意見していただきたいのです」

するとレオンが目を瞠り、面映ゆそうに笑う。

彼はおもむろに立ち上がってアレクシアの目の前に片膝をつくと、片方の手を取って甲に恭しく口づけた。

「レオン・ウーヴェ・ブロムベルクは、女王をもっとも近くから守る騎士として心からの忠誠と献身を誓う。許可してくれるか？」

騎士の忠誠の誓いを捧げられたアレクシアは、心が震えるのを感じる。

レオンの顔を見つめ、厳かな気持ちになりながら頷いた。

「はい。——許可いたします」


先々王の弟を父に持つエーレルト公爵が内乱を扇動し、女王の暗殺を企てたことは、その後ブロムベルク国内に広く知れ渡った。

バラーシュの独立派に接触して資金提供を持ちかけ、王配であるレオンの名前を出した男は捕縛されて、厳しい尋問の末に「エーレルト公爵から命令されてしたことだ」と認めた。

また、女王付きの侍女であるエラも取り調べでラファエルとの関わりを認め、彼に突然キスをされたのがすべてのきっかけだったのだと語った。

『長く王宮務めをしているわたくしは、恥ずかしながら男性と交際した経験がございませ

んでした。そんな中、高貴な血筋で端整な容姿のラファエルさまに突然口づけられ、すっかりのぼせ上がってしまったのです』

ラファエルに誘われるがまま、エラは王宮内の空き部屋で彼と関係を持ったらしい。

その際に「アレクシアは為政者に向いていない」「ブロムベルクの未来のため、自分に協力してくれないか」と言われ、彼女はラファエルの役に立ちたい一心で女王暗殺に加担した。

だが居合わせたレオンがアレクシアの手当てをし、彼女が絶命しなかったことで筋書きが破綻してしまった。それでも、ラファエルに言われたとおりにレオンに暗殺の罪をなすりつけようとしたものの、失敗したというのが事の顛末だという。

捕まった三人は裁判にかけられ、女王の暗殺と内乱の扇動が国家転覆罪に当たるとして重い罰が下されることになった。一方で、それは気の緩みが出ていた上級貴族たちのあいだで綱紀粛正の雰囲気ができるきっかけとなり、枢密院議会の空気が引き締まった。

議論も活発になり、連合の監視下にある状況を負と捉えるのではなく、前向きに活用していこうという気風が生まれたのは、アレクシアとレオンの功績が大きい。

連合各国の王族と積極的に外交を行い、交易を推し進めることで、ブロムベルク王国は大陸の中で新しい立ち位置を確立しようと努力していた。

　やがて一年後にアレクシアが第一子である男児を出産し、それを皮切りに二人の間には二男一女の子どもが生まれた。それぞれ父親に似ていたり、母親に似ていたりとさまざまだが、どの子も同じくらいにいとおしい。

　木陰に置かれた椅子に座ったアレクシアは、大きく膨らんだ腹部に手を当てて微笑む。

（四人目のこの子は男の子、女の子、一体どちらかしら。楽しみだわ）

　そのとき後ろから「お母さま！」という声が聞こえ、背中に鈍い衝撃を受ける。

　振り向くと次男のユリウスがいて、レオンの声が響いた。

「こらユリウス、お母さまにぶつかっては駄目だ。お腹の赤ちゃんがびっくりしてしまうだろう」

　彼の腕には二歳のイリーネが抱かれていて、父親の首にしがみついている。ユリウスが心配そうに言った。

「ごめんなさい、お母さま。赤ちゃんびっくりした？　お腹いたくない……？」

　四歳の彼はやんちゃな性格であるものの実は気が小さく、些細なことを引きずってしまう繊細なところがある。アレクシアは微笑んで答えた。

「大丈夫よ。でも、これからは声をかけて一呼吸置いてから抱きついてくれると、お母さまもお腹の赤ちゃんもびっくりせずに済むわ」

「そうだぞ、ユリウス。お前ももうイリーネと赤ちゃん、二人のお兄ちゃんなんだから、もっとしっかりしろよ」

アレクシアの傍にいた長男のヴェルナーがそう告げると、ユリウスが不満げに頬を膨らませる。

「兄さまだって子どもなんだから、そんなにえらそうにしないでよ」

「偉いに決まってるだろ、僕はもう七歳だぞ。剣術だって始めてる」

「僕だって剣くらいできるよ！」

二人が棒でチャンバラを始めるのを、アレクシアとレオンは離れたところから見守る。

彼が娘のイリーネを世話役の侍女に預けて言った。

「今日は侍医の診察だったんだろう。どうだった？」

「順調でした。二週間後には、生まれてもおかしくないそうです」

「そうか」

微笑む彼は三十三歳という年齢相応の貫禄がつき、とても凛々しい。

端整な顔立ちとしなやかな体型は変わらず、最近は王配として忙しく公務をこなす傍ら、時間を作っては長男のヴェルナーに剣の稽古をつけてやっていた。

その横顔を見ると、アレクシアの胸がきゅうっとする。出会ってから十一年経つが、日々好きな気持ちが積み重なり、夫婦仲は至って良好だった。

結婚した当初は「王配の愛人になれば、さまざまな便宜を図ってもらえる」と踏んだ貴族令嬢たちのアプローチが多かったものの、レオンがまったく相手にしなかったことで下火になり、今はそうした者は一切いない。

自分だけを愛し、王配として政治的な助言をしてくれる彼を、アレクシアは誰よりも頼もしく思っている。目の前にいる子どもたちも同様に大切な存在だったが、心には小さな憂いもあった。レオンがこちらを見下ろし、肩に触れて言う。

「そんな顔をしているってことは、何か気になる事案があるんだろう。ひょっとして、バザロフ帝国のことか？」

「……ええ」

バザロフ帝国は大陸の北に広がる大国で、ここ数年他国への侵略行為を繰り返している。ブロムベルク王国とは距離があるものの、最近またひとつ小国が併合されたのを受け、枢密院議会でも対応を協議していた。

アレクシアは侍女と一緒に花を摘んでいる幼い娘を見つめながらつぶやいた。

「バザロフ帝国は、かつてのブロムベルク王国と同じ行動をしています。近隣諸国の恐怖はいかばかりかと考えると、改めて父や兄のやり方は間違っていたのだと思います」

「…………」

「かの国の脅威が、ブロムベルクに及ばないとは言いきれません。民の血が流れることだけは避けたいのに……どうしたらいいか」

女王として即位して八年、アレクシアにとって国民は我が子に似た感情を抱かせる存在になっていた。彼らの生活を守り、今の平穏を未来へと繋げることが、自分に課せられた使命だと考えている。

するとレオンが目の前にしゃがみ込み、アレクシアの膝に置かれた両手を握って言った。

「君の選択は間違っていない。父親や兄とは違う、〝戦をしない国を造る〟という理想を実現するためには、バザロフ帝国と恐れずに対話をするべきだ。そこで提案なんだが、連合と足並みを揃えて六ヵ国とし、かの国を交渉のテーブルに着かせるのはどうだろう」

「連合と?」

「ああ。五ヵ国からなる連合は元々ブロムベルク王国を抑え込むために結ばれた同盟だが、近年は我が国が戦をしなくなったことで形骸化している。それを君の呼びかけで、バザロフ帝国に対抗するための新たな同盟として再結成するんだ。六ヵ国という規模になれば、帝国は戦力的にこちらを無視できなくなる」

「……できるでしょうか。連合はかつて他国への侵略を繰り返していたブロムベルクがそんなことを言い出すのに、強く反発するのでは」

「大丈夫だ。シアが軍国主義から方向転換するべくどれだけ努力してきたかは、俺が何度も会合で伝えている。現に連合各国との交易は軌道に乗り始めているし、彼らはブロムベルクを監視対象ではなく、同格の国として受け入れてくれると思うよ」

彼の手は力強く、そのぬくもりを感じたアレクシアは面映ゆく微笑む。そして愛してやまない夫を見つめて言った。

「レオンさまにそう言われると、本当に何とかなりそうな気がしてくるから不思議です。そうですね、きっと武力ではない手段でバザロフ帝国とわかりあえる日が来ますよね」

「ああ」


その後、ブロムベルク王国の呼びかけで結成された六ヵ国同盟はバザロフ帝国への強力な抑止力となり、大陸に百年に亘る安寧をもたらした。

アレクシアは国を平和国家に導いた名君として名を刻まれ、その功績は永く語り継がれたという。

あとがき

こんにちは、もしくは初めまして、西條六花(さいじょうりっか)です。

『お飾り女王は隣国王子の熱愛に溺れる～運命の再会は政略結婚で～』をお届けします。

ヴァニラ文庫では過去に『断罪の褥』という作品を刊行したことがあるのですが、実に七年三ヵ月ぶりの新刊になります。

もちろんその間、他社でさまざまな作品を出版していただいているのですが、再びヴァニラ文庫で刊行することができて感無量です。

今回は鄙びた離宮で暮らす内気な王女がある日突然女王として即位することになり、かつて二週間だけ心を通わせた隣国の王子が王配としてやって来て……というお話になっています。

ヒロインのアレクシアはおとなしい性格ではあるものの、コツコツと努力を重ねるタイプで芯が強い女性です。

ヒーローのレオンは隣国の第三王子にして元騎士のイケメン、真面目で誠実である一方、少々思い込みが激しいのが玉に瑕な人物となっています。

惹かれ合いながらも誤解や行き違いですれ違う二人がどんなふうに気持ちを通わせていくのか、楽しんでいただけましたら幸いです。

今回のイラストは、ｋｕｒｅｎさまにお願いいたしました。

最近の書籍は挿絵がないものが多い中、ヴァニラ文庫は口絵とモノクロ絵が何枚もついてくる太っ腹なレーベルなのですが、とても丁寧に描いていただけて眼福です。

この作品が出版されるのは、初夏ですね。今年のこちらは春の雪解けが比較的早く、このあとがきを書いている段階では「庭仕事をしなければ」と思いつつ、忙しさにかまけて放置しているのが現状です。

本が書店に並ぶ六月は北国では薔薇の季節、我が家の庭でもきれいに咲いているであろうことを祈ってやみません。

またどこかでお会いできることを祈って。

西條六花

お飾り女王は隣国王子の熱愛に溺れる
～運命の再会は政略結婚で～

Vanilla文庫

2023年6月20日　第1刷発行　定価はカバーに表示してあります

著　者　西條六花　
装　画　kuren
発行人　鈴木幸辰
発行所　株式会社ハーパーコリンズ・ジャパン
東京都千代田区大手町1-5-1
電話　03-6269-2883（営業）
0570-008091（読者サービス係）
印刷・製本　中央精版印刷株式会社

Printed in Japan ISBN978-4-596-77502-3